W0318448

HEYNE BÜCHER

SCIENCE FICTION

Herausgegeben
von Wolfgang Jeschke

Von Terry Pratchett erschienen in der Reihe
HEYNE SCIENCE FICTION & FANTASY:

Der Scheibenwelt-Zyklus:

Das Licht der Phantasie · 06/4583
Das Erbe des Zauberers · 06/4584
Gevatter Tod · 06/4706
Der Zauberhut · 06/4715
Pyramiden · 06/4764
Wachen! Wachen! · 06/4805
MacBest · 06/4863
Die Farben der Magie · 06/4912
Eric · 06/4953

Die dunkle Seite der Sonne · 06/4639
Strata · 06/4911

Der Nomen-Zyklus:

Trucker · 06/4970
Wühler · 06/4971
Flügel · 06/4972

TERRY PRATCHETT

Wühler

Zweiter Roman
der Nomen-Trilogie

Deutsche Erstausgabe

WILHELM HEYNE VERLAG
MÜNCHEN

HEYNE SCIENCE FICTION & FANTASY
Band 06/4971

Titel der englischen Originalausgabe
DIGGERS
Deutsche Übersetzung von Andreas Brandhorst
Das Umschlagbild malte Josh Kirby

5. Auflage

Redaktion: Friedel Wahren

Die Originalausgabe des Romans erschien bei Doubleday
a division of Transworld Publishers Ltd, London

Printed in Germany 1995
Umschlaggestaltung: Atelier Ingrid Schütz, München
Technische Betreuung: Manfred Spinola
Satz: Schaber Satz- und Datentechnik, Wels
Druck und Bindung: Elsnerdruck, Berlin

ISBN 3-453-06264-7

Am Anfang ...

... schuf Arnold Bros (gegr. 1905) das Kaufhaus.

Daran glaubten Tausende von Wichten — beziehungsweise Nomen —, die seit vielen Generationen* unter Arnold Bros' (gegr. 1905) Bodendielen lebten.

Das Kaufhaus wurde zu ihrer Welt. Zu einer Welt mit Dach und Wänden.

Wind und Regen waren uralte Legenden. Ebenso wie Tag und Nacht. Dafür gab es Sprinkler- und Klimaanlagen, und das Leben in halbdunkler Enge unterlag dem Wechsel von ›Geöffnet‹ und ›Geschlossen‹. Die Jahreszeiten hießen Winterschlußverkauf, Frühjahrsmode, Sommerschlußverkauf und Weihnachten. Angeführt vom Abt und den Priestern der Büromaterialer verehrten die Wichte Arnold Bros (gegr. 1905) — auf eine ruhige, zurückhaltende Art und Weise, um ihn nicht aufzuregen. Sie hielten ihn für den Schöpfer der Welt, die nur aus dem Kaufhaus und seinem Inhalt bestand.

Einige Nomen-Familien wurden reich und mächtig. Ihre Namen wiesen auf die Kaufhaus-Abteilungen hin, unter denen sie wohnten: Del Ikatessen, Eisenwarenler, Kurzwarenler und so weiter.

Und dann, auf dem Rücken eines Lastwagens, kamen die letzten Wichte aus dem Draußen ins Kaufhaus. Sie wußten, was es mit Wind und Regen auf sich hatte: Genau davor flohen sie.

Zu ihnen gehörten der Rattenjäger Masklin, Oma Morkie und Grimma — obwohl die beiden Frauen eigentlich nicht zählten. Hinzu kam das *Ding*.

---

* Hier sind Nomen-Generationen gemeint. Die Wichte leben zehnmal schneller als Menschen. Für sie sind zehn Jahre eine sehr lange Zeit.

Niemand verstand das *Ding*. Schon seit Jahrhunderten befand es sich im Besitz von Masklins Volk, und die Wichte wußten, daß es wichtig war, mehr nicht. Als es in die Nähe von Elektrizität gelangte, begann es zu sprechen. Es bezeichnete sich als Denkmaschine aus einem Raumschiff, das die Nomen vor Jahrtausenden von einem fernen Kaufhaus — oder vielleicht von einem Stern — hierhergebracht hatte. Es behauptete auch, Elektrizität ›sprechen‹ zu hören, und die elektrische Stimme teilte ihm folgendes mit: In drei Wochen sollte das Kaufhaus abgerissen werden.

Masklin schlug den Wichten vor, mit einem Lastwagen aufzubrechen. Es war nicht weiter schwer zu lernen, einen großen Laster zu fahren. Als weitaus schwieriger erwies es sich, die übrigen Nomen davon zu überzeugen, daß er nichts Unmögliches von ihnen verlangte.

Er war kein Anführer. Manchmal träumte er davon, ein Anführer zu sein, stolz das Kinn vorzuschieben und Heldentaten zu vollbringen. Statt dessen mußte er diskutieren, erklären, zanken, überreden und gelegentlich auch ein wenig lügen. Er stellte fest: Wichte waren eher bereit, sich auf eine bestimmte Weise zu verhalten, wenn sie glaubten, aufgrund einer eigenen Idee zu handeln.

Ideen! Dort lag das Problem. Sie brauchten viele Ideen. Sie mußten Zusammenarbeit und Lesen lernen. Sie mußten sich an die Vorstellung gewöhnen, daß weibliche Nomen — beziehungsweise Nominnen — ebenso intelligent waren wie ihre männlichen Kollegen. (Obwohl es kaum jemanden gab, der das *nicht* für absurd hielt. Alle wußten: Wenn man Frauen ermunterte, zuviel zu denken, überhitzten sich ihre Gehirne.)

Irgendwie klappte es. Der Lastwagen verließ das Kaufhaus, bevor dort ein geheimnisvolles Feuer ausbrach, und er richtete verhältnismäßig wenig Schaden an, als man ihn aus dem Ort steuerte.

Die Wichte fanden einen verlassenen Steinbruch, richteten sich in baufälligen Hütten ein und wußten plötzlich, daß alles *in Ordnung* war. Angeblich stand ihnen nun eine strahlende Morgendämmerung der Hoffnung bevor.

Natürlich hatten die meisten Nomen keine Ahnung, was eine Morgendämmerung war, ob strahlend oder nicht. Andernfalls hätten sie gewußt, daß auf ›strahlende Morgendämmerungen‹ häufig bewölkte Tage folgen. Mit vereinzelten Schauern.

Sechs Monate verstrichen …

Dies ist die Geschichte des Winters.

Es ist die Geschichte vom Großen Kampf.

Es ist die Geschichte vom Erwachen Jekubs, des Drachens im Hügel: seine Augen wie große Augen, seine Stimme wie eine laute Stimme, seine Zähne wie lange Zähne.

Aber die Geschichte fand dort kein Ende.

Sie begann auch nicht an jener Stelle.

Der Wind toste. Der Wind heulte. Der Wind wurde zu einem gewaltigen Besen, der übers Land fegte, stapfte mit Böen-Füßen umher. Kleine Bäume neigten sich zur Seite. Große Bäume knickten. Die letzten Blätter des Herbstes wirbelten wie verirrte Geschosse durch die Luft.

Nichts Lebendiges rührte sich auf der Müllhalde bei den Kiesgruben. Normalerweise patrouillierten dort Möwen, aber jetzt hatten sie irgendwo Zuflucht gesucht. Trotzdem waren die Abfallhaufen in Bewegung.

Der Wind fuhr mit solchem Ungestüm hinein, als hegte er einen besonderen Groll gegen Waschpulverpakete und alte Schuhe. Konservenbüchsen rollten umher und klackten kummervoll aneinander, während leichtere Dinge emporwirbelten und sich dem Chaos am Himmel hinzugesellten.

Der Wind grub tiefer. Papier raschelte eine Zeitlang, gab dann den Widerstand auf und ließ sich fortreißen.

Ein Fetzen flatterte schon seit Stunden, und jetzt löste er sich, segelte davon. Er wirkte wie ein großer weißer Vogel mit rechteckigen Flügeln.

Seht nur, wie er hin und her schwankt ...

Für einige Sekunden verfängt er sich an einem Zaun. Die Hälfte reißt ab, und der Rest ist nun leichter, schwirrt über die Furchen des Ackers hinweg ...

Er wird schneller, doch plötzlich ragt eine Hecke auf und fängt ihn wie eine Fliege.

❖ 1 ❖

I. Und Sonderbares geschah zu jener Zeit: Die Luft bewegte sich viel schneller als sonst; die Wärme des Himmels ließ nach; und manchmal trugen die Pfützen am Morgen eine harte, kalte Schicht.

II. Und die Wichte fragten sich: Was bedeutet das alles?

Aus dem *Buch der Nomen*, Steinbrüche 1, Verse I–II

»Winter«, sagte Masklin fest. »Man nennt es Winter.«

Abt Gurder runzelte die Stirn.

»Du hast nicht gesagt, daß uns *so etwas* erwartet«, klagte er. »Es ist *kalt.*«

»Dies soll kalt sein?« erwiderte Oma Morkie. »Kalt? Es ist nicht kalt. Wenn du glaubst, es sei kalt, dann weißt du überhaupt nicht, was es mit richtiger Kälte auf sich hat!« Sie fand Gefallen daran, merkte Masklin. Oma Morkie mochte das Katastrophale und Unheilvolle; sie *genoß* es. »Die richtige Kälte kommt erst, wenn's richtig kalt wird. Richtige Kälte heißt *Frost* und läßt das Wasser in gefrorenen Stücken vom Himmel fallen.« Sie lehnte sich triumphierend zurück. »Na, was sagst du dazu? Hm?«

Gurder seufzte. »Du brauchst nicht so mit uns zu reden wie mit kleinen Kindern. Immerhin können wir *lesen.* Wir wissen, was Schnee ist.«

»Ja«, bestätigte Dorcas. »Im Kaufhaus gab's Plakate mit Bildern drauf. Zu Weihnachten. Der Schnee ist uns keineswegs unbekannt. Er glitzert.«

»Und mit dem Schnee kommen die Rotkehlchen«, warf Gurder ein.

»Nun, äh, der Winter beschränkt sich nicht nur darauf«, sagte Masklin.

Dorcas winkte ab. »Ich glaube, wir brauchen uns keine Sorgen zu machen. Hier sind wir geschützt. Wir haben genug Nahrung und können uns mehr beschaffen, falls das erforderlich werden sollte. Wenn es sonst nichts mehr zu besprechen gibt ... Ich schlage vor, wie schließen die Versammlung.«

Alles lief gut. Oder zumindest nicht sehr schlecht.

Natürlich kam es zwischen den einzelnen Familien häufig zu Streit und Zank, aber das lag nun mal in der nomischen Natur. Aus diesem Grund hatten sie den Rat geschaffen — und er schien auch zu funktionieren.

Die Nomen stritten sich gern, und der Fahrerrat gab ihnen eine Möglichkeit dazu: Bei den Versammlungen konnten sie sich nach Herzenslust zanken, ohne dabei übereinander herzufallen.

Eigentlich komisch. Im Kaufhaus hatten sich die großen Abteilungsfamilien um alles gekümmert, doch jetzt verloren familiäre Unterschiede immer mehr an Bedeutung — unter anderem deshalb, weil im Steinbruch keine Abteilungen existierten. Andererseits ... Eine Art Instinkt sorgte dafür, daß Nomen Hierarchie anstrebten. Ihre Welt war immer geteilt und damit übersichtlich gewesen: Auf der einen Seite standen jene Wichte, die Anweisungen erteilten — und die Nomen auf der anderen Seite gehorchten ihnen. Jetzt trat allmählich eine neue Gruppe von Anführern in Erscheinung.

Die Fahrer.

Es hing ganz davon ab, wo man sich während der Langen Fahrt aufgehalten hatte. Die Wichte im Führerhaus des Lastwagens waren Fahrer, die übrigen schlicht und einfach Passagiere. Man sprach kaum darüber, und es handelte sich nicht um eine offizielle Klassifizierung. Aber praktisch alle Nomen vertraten folgende Ansicht:

Wer imstande war, den Lastwagen vom Kaufhaus bis *hierher* zu steuern, kannte den *richtigen Weg.*

Es machte nicht unbedingt Spaß, ein Fahrer zu sein.

Im vergangenen Jahr, bevor ein Laster sie zum Kaufhaus brachte, mußte Masklin jeden Tag auf die Jagd gehen. Jetzt jagte er nur noch, wenn er sich eine Abwechslung wünschte. Die jüngeren Kaufhaus-Wichte jagten gern, doch für Fahrer schien so etwas nicht *richtig* zu sein. Sie gruben nach Kartoffeln und ernteten viel Korn auf dem nahen Feld, obgleich dort die Maschinen der Menschen umherrollten. Es wäre Masklin lieber gewesen, wenn die Nomen ihre Nahrung selbst angebaut hätten, doch im felsigen Boden des Steinbruchs wollte nichts wachsen. Wie dem auch sei: Für alle gab es genug zu essen, und nur darauf kam es an.

Masklin spürte, wie rings um ihn herum Tausende von Wichten lebten, Kinder aufzogen und sich immer mehr *zu Hause* fühlten.

Er kehrte zu seinem Bau unter einer der wackligen Hütten zurück, rang dort mit sich selbst und holte schließlich das *Ding* hervor.

Es glühten keine Lichter daran. Natürlich nicht: Nur in der Nähe von elektrischen Drähten erwachte es, um dann eine seltsame Stimme erklingen zu lassen. Es gab einige Kabel im Steinbruch, und es war Dorcas gelungen, ihnen Elektrizität zu entlocken. Aber bisher hatte Masklin darauf verzichtet, das *Ding* neben einen solchen Draht zu legen. Häufig sprach es auf eine Weise, die ihn beunruhigte.

Er zweifelte kaum daran, daß der schwarze Kasten ihn trotzdem hören konnte.

»Der alte Torrit ist letzte Woche gestorben«, sagte Masklin nach einer Weile. »Wir waren ein bißchen traurig, aber wenigstens starb er einfach so, als Greis. Ich meine, er wurde nicht gefressen, überfahren oder zertreten.«

Masklins kleiner Stamm hatte an der Böschung einer

Autobahn gelebt, am Rand einer hügeligen Landschaft voller Tiere, die nie frisches Nomenfleisch verschmähten. Es war eine völlig neue Vorstellung für sie, daß man sterben konnte, weil man nicht mehr lebte.

»Wir haben ihn auf dem Kartoffelfeld begraben, tief genug für den Pflug. Die Kaufhaus-Wichte stehen Begräbnissen noch immer skeptisch gegenüber. Vielleicht glauben sie, daß der alte Torrit Knospen oder so hervorbringt. Ich nehme an, sie verwechseln das mit Samen. Sie verstehen nichts vom Anbau, weil sie ihr ganzes Leben im Kaufhaus verbrachten. Hier draußen ist alles neu für sie. Dauernd beklagen sie sich über Nahrung, die aus dem Boden kommt; sie halten das für unnatürlich. Und sie sind davon überzeugt, daß der Regen aus einer Sprinkleranlage stammt. Vermutlich glauben sie, die Welt sei nur ein größeres Kaufhaus. Äh.«

Masklin blickte eine Zeitlang auf den schweigenden schwarzen Kasten hinab und überlegte, ob und wie er seinen Monolog fortsetzen sollte.

»Nun, es gibt jetzt niemanden mehr, der älter ist als Oma Morkie«, sagte er schließlich. »Was bedeutet, daß sie Anspruch darauf hat, an den Sitzungen des Rates teilzunehmen. Abt Gurder erhob Einwände und meinte, Frauen sind bei den Versammlungen nicht zugelassen. Als wir ihn aufforderten, mit Oma darüber zu reden, schüttelte er hastig den Kopf. Woraus ich den Schluß ziehe, daß sie nun zum Rat gehört. Äh.«

Er betrachtete seine Fingernägel. Das *Ding* hörte auf eine irgendwie verunsichernde Weise zu.

»Alle denken besorgt an den Winter. Äh. Aber wir haben jede Menge Kartoffeln, und hier unten ist es recht warm. Nun, einige Wichte erzählen seltsame Geschichten: Während der Weihnachtszeit, so heißt es, gab es im Kaufhaus Niko-Läuse. Sie sahen aus wie Menschen und trugen rote Mäntel. Ich hoffe, uns sind keine derartigen Läuse hierher gefolgt. Äh.«

Masklin kratzte sich am Ohr.

»Im großen und ganzen läuft alles bestens. Äh.«

Er beugte sich etwas näher zu dem *Ding.*

»Und genau das beunruhigt mich. Wenn alles bestens läuft, habe ich immer den Eindruck, daß bald irgend etwas schiefgeht, daß neue Probleme entstehen, mit denen man bisher nicht gerechnet hat. Äh.«

Der schwarze Kasten brachte stummes Mitgefühl zum Ausdruck.

»Alle sagen, ich mache mir zuviel Sorgen. Aber ich glaube, es ist ja gar nicht *möglich,* zu besorgt zu sein. Äh.«

Masklin dachte nach.

»Äh. Ich schätze, das wär's. Es gibt keine weiteren Neuigkeiten.« Er verstaute das Ding wieder im Wandloch.

Er hatte sich zunächst gefragt, ob er von seiner Auseinandersetzung mit Grimma berichten sollte, doch sie war, nun, zu persönlicher Natur.

Masklin gab den Büchern die Schuld. Er hätte ihr nicht erlauben dürfen, lesen zu lernen und sich den Kopf mit Dingen zu füllen, über die sie gar nicht Bescheid zu wissen brauchte. *Gurder hat recht,* dachte der ehemalige Rattenjäger. *Die Gehirne von Frauen können sich tatsächlich überhitzen.* Hinter Grimmas Stirn kochte und brodelte es jetzt die ganze Zeit über.

Masklin war zu ihr gegangen und hatte gesagt: Hör mal, jetzt ist alles geregelt, und wir sollten heiraten, so wie die Kaufhaus-Wichte; eine angemessene Zeremonie, vom Abt geleitet ...

Und Grimma antwortete: Nun, ich weiß nicht ...

Und Masklin erwiderte: Was ist denn los mit dir? Du kannst einen Heiratsantrag nicht einfach ablehnen. Die Tradition verlangt, daß du ihn annimmst.

Und Grimma sagte: Inzwischen ist alles anders geworden.

Masklin wandte sich an Oma Morkie und erhoffte sich Unterstützung von ihr — sie hatte immer großen

Wert darauf gelegt, daß man die alten Bräuche achtete. Oma, jammerte er, Grimma gehorcht mir nicht.

Und daraufhin sagte Oma Morkie: Kluges Mädchen. Leider bin ich nicht oft genug ungehorsam gewesen, als ich jünger war.

Er suchte Trost bei Gurder, der ihm sofort beipflichtete: Ja, du hast völlig recht, Frauen sollten den Männern gehorchen. Und Masklin sagte: Geh zu ihr und erinnere sie daran. Und Gurder sagte: Nun, du weißt ja, daß sie in letzter Zeit zu Wutanfällen neigt; vielleicht sollten wir warten, bis sich ihr überhitztes Gehirn abgekühlt hat. Der Abt fügte hinzu: Außerdem ist alles im Wandel ...

Der Wandel, ja. Er ließ sich nicht leugnen. Einen großen Teil davon hatte Masklin selbst herbeigeführt, indem er die Wichte zu einer anderen Denkweise veranlaßte — nur dadurch war es ihnen möglich geworden, das Leben im Kaufhaus aufzugeben und sich ins Draußen zu wagen. Er begrüßte den Wandel noch immer und sah eine Notwendigkeit in ihm.

Gleichzeitig war er dagegen, daß sich die Dinge dauernd veränderten.

Sein Speer lehnte in der einen Ecke und wirkte jetzt jämmerlich. Nur ein Stück Feuerstein, ans Ende eines Schafts gebunden. Die Nomen hatten Sägen und andere Werkzeuge aus dem Kaufhaus mitgebracht; sie konnten Metall bearbeiten.

Mehrere Sekunden lang starrte Masklin zum Speer, ergriff ihn und ging nach draußen, um gründlich über die allgemeine Situation und seinen Platz in ihr nachzudenken. Oder um ordentlich zu schmollen, wie es andere Wichte nannten.

Der alte Steinbruch war wie eine breite Kerbe in halber Höhe des Hügels, und darüber neigte sich der Hang steil nach oben. Dornbüsche wuchsen dort, und jenseits davon erstreckten sich Felder.

Unterhalb des Steinbruchs wand sich ein Weg an Hecken vorbei zur Straße, und dahinter gab es die Eisenbahn — ein anderer Name für zwei lange Metallbänder auf großen Holzblöcken. Manchmal rollten lastwagenartige und miteinander verbundene Dinge darüber hinweg.

Die Eisenbahn stellte noch immer ein Rätsel für die Wichte dar. Ganz offensichtlich war sie gefährlich: Eine Straße überquerte die beiden Linien aus Metall, und dort kamen zwei Gatter herab, wenn sich die seltsame Lasterkolonne näherte.

Die Nomen wußten, wozu Gatter dienten: Sie hinderten das Vieh auf den Wiesen daran, aus der Umzäunung zu entkommen. In diesem Fall sollten sie wahrscheinlich dafür sorgen, daß die Eisenbahn-Dinge nicht von den Schienen flohen.

Es folgten weitere Felder und Kiesgruben, gut fürs Angeln geeignet, falls einem Wicht der Sinn nach Fisch stand. Und dann kam der Flughafen.

Im Sommer hatte Masklin viele Stunden damit verbracht, die Flugzeuge zu beobachten. Sie fuhren erst über den Boden, um dann plötzlich wie Vögel aufzusteigen, immer kleiner zu werden und zu verschwinden.

Dies war seine *größte* Sorge. Masklin saß auf seinem Lieblingsstein und grübelte, während erste Regentropfen fielen. Viele verschiedene Sorgen belasteten ihn, doch eine wog mehr als alle anderen.

Die Wichte sollten sich ein Beispiel an den Flugzeugen nehmen und versuchen, den Himmel zu erreichen — diesen Rat hatte Masklin vom *Ding* gehört, als es noch mit ihm sprach. Sie kamen von dort. Besser gesagt: von *über* dem Himmel. Das war schwer zu verstehen, denn über dem Himmel konnte sich höchstens noch mehr Himmel befinden, oder? Der schwarze Kasten hatte behauptet, dort läge das Schicksal der Nomen. Beziehungsweise ihre Bestimmung. Irgend etwas in der Art. Welten, die mit niemandem geteilt werden mußten. *Dies ist nicht unsere wahre Heimat,* dachte Masklin und erinnerte sich an die Worte des *Dings. Wir sind hier — gestrandet.* Er konzentrierte sich nun auf den Kern seiner größten Sorge. Das Schiff-Etwas — ein Flugzeug, das über dem Himmel flog, zwischen den Sternen — war noch immer dort oben. Die ersten Wichte hatten es in einem kleineren Schiff verlassen, und nach der Bruchlandung konnten sie nicht zurückkehren.

Nur Masklin wußte davon.

Der alte Abt, Gurders Vorgänger, hatte es ebenfalls gewußt. Grimma, Dorcas und Gurder ahnten etwas, aber sie waren viel zu beschäftigt und in erster Linie praktisch denkende Leute. Das Organisieren erforderte ihre ganze Aufmerksamkeit.

Sie organisierten gern. Und sie versuchten, alles andere zu vergessen. Wie auch die übrigen Wichte: Sie glaubten, ein neues Zuhause gefunden zu haben, gewöhnten sich immer mehr an das Leben im Steinbruch. *Wir verwandeln ihn in unsere kleine Welt, wie zuvor das Kaufhaus,* begriff Masklin. *Die Nomen der einzelnen Abteilungen hielten das Dach für den Himmel, und jetzt wird der Himmel zu einem höheren Dach.*

Wir bleiben hier und ...

Ein Laster rollte über den Weg zum Steinbruch. Er bot einen so ungewohnten Anblick, daß Masklin ihn fast eine halbe Minute lang beobachtete, ohne ihn wirklich zu sehen.

»Niemand hat Wache gehalten! Warum hat niemand Wache gehalten? Ich habe mehrmals darauf hingewiesen, wie wichtig es ist, daß immer jemand Wache hält!«

Sechs Wichte eilten durch den sterbenden Adlerfarn zum Tor des Steinbruchs.

»Sacco war dran«, brummte Angalo.

»Nein, das stimmt nicht!« zischte Sacco. »Gestern hast du mich gebeten, mit dir zu tauschen, weil ...«

»Es ist mir völlig gleich, *wer* heute Wache halten sollte!« rief Masklin. »Ich weiß nur, daß niemand draußen war! Obgleich euch klar sein dürfte, daß immer jemand Ausschau halten muß, oder?«

»Entschuldige, Masklin.«

»Ja, entschuldige bitte.«

Sie kletterten die Böschung hoch und duckten sich hinter ein halb verwelktes Grasbüschel.

Es handelte sich um einen kleinen Lastwagen — sofern Laster überhaupt klein sein konnten. Ein Mensch war bereits ausgestiegen und hantierte am Tor des Steinbruchs.

»Ein Land Rover«, sagte Angalo selbstgefällig. Im Kaufhaus hatte er viel Zeit damit verbracht, über Fahrzeuge zu lesen. Er mochte Dinge mit Motoren. »Es ist kein richtiger Lastwagen. Menschen benutzen ihn, um ...«

»*Dieser* Mensch befestigt etwas am Tor«, stellte Masklin fest.

»An *unserem* Tor«, fügte Sacco in einem mißbilligenden Tonfall hinzu.

»Seltsam«, murmelte Angalo. Der Mann bewegte sich mit der für Menschen typischen langsamen Schwerfälligkeit und schlafwandelte zum Fahrzeug zurück. Nach einer Weile wendete er und fuhr in Richtung Straße.

»Er ist den ganzen weiten Weg gekommen, um ein Stück Papier ans Tor zu hängen«, sagte Angalo, als die Wichte aufstanden. »Menschen sind wirklich rätselhaft.«

Masklin runzelte die Stirn. Menschen waren groß und dumm, das wußten alle, aber sie zeichneten sich durch etwas Unaufhaltsames aus und wurden offenbar von Papier kontrolliert. Im Kaufhaus hatte ein Stück Papier den baldigen Abbruch des Gebäudes verkündet, und so geschah es. Man durfte keinen Menschen trauen, die Papier mit sich herumtrugen.

Er deutete zum rostigen Maschendrahtzaun, der für einen agilen Wicht kein nennenswertes Hindernis darstellte.

»Hol es, Sacco«, sagte er.

Einige Kilometer entfernt zitterte ein *anderes* Stück Papier an der Hecke. Regentropfen platschten auf die von der Sonne gebleichten Worte, bis das Papier naß und schwer war, bis es ...

... riß.

Ein Teil davon löste sich, fiel ins Gras. Der Wind spielte damit.

2

> III. Doch dann kam ein Zeichen, und die Wichte fragten: Was hat das zu bedeuten?
>
> IV. Und es verhieß nichts Gutes.
>
> Aus dem *Buch der Nomen,* Zeichen, Kapitel 1, Verse III–IV

Gurder kroch auf Händen und Knien über das Stück Papier vom Zaun.

»Natürlich kann ich's lesen«, behauptete er. »Ich weiß genau, was die einzelnen Worte bedeuten.«

»Was denn?« fragte Masklin.

Der Abt wirkte ein wenig verlegen. »Nun, die *Sätze* bereiten mir gewisse Schwierigkeiten. Hier steht zum Beispiel ... Wo war es? Ah, ja, hier steht, daß der Steinbruch bald wiedereröffnet wird. Wie soll man das verstehen? Er ist doch schon offen. Daran besteht überhaupt kein Zweifel. Ich meine, man kann kilometerweit sehen.«

Unruhe erfaßte die anderen Nomen. Man konnte tatsächlich kilometerweit sehen, und wenige von ihnen empfanden dieses Panorama als angenehm. Auf drei Seiten des Steinbruchs ragten hohe Klippen auf, doch was die vierte betraf ... Nun, man gewöhnte sich daran, den Blick in jene Richtung zu meiden. Dort gab es zuviel Nichts, wodurch sich die Wichte noch viel kleiner und hilfloser fühlten, als sie es ohnehin schon waren.

Die Botschaft des Papiers schien nicht ganz klar zu sein, aber trotzdem breitete sich Unbehagen aus.

»Der Steinbruch ist ein Loch im Boden«, sagte Dorcas. »Ein Loch kann man nur öffnen, wenn's vorher zugeschüttet wurde. Logisch.«

»Menschen holen sich Steine aus einem Steinbruch«, warf Grimma ein. »Sie graben ein Loch und verwenden die Steine, um, äh, Straßen und so zu bauen.«

»Ich nehme an, das hast du irgendwo gelesen, wie?« erwiderte Gurder verdrießlich. Er argwöhnte bei Grimma einen Mangel an Respekt der Autorität gegenüber. Außerdem ärgerte es ihn, daß sie besser lesen konnte als er, obwohl sie nur eine Frau war.

»Ja, das stimmt«, bestätigte Grimma mit herausforderndem Trotz.

»Allerdings gibt es hier nur wenige Steine, Grimma«, sagte Masklin geduldig. »Deshalb das Loch.«

»Guter Hinweis.« Gurder nickte anerkennend.

»Dann macht er das Loch eben noch größer!« schnappte Grimma. »Seht zu den Klippen dort oben ...« Die Nomen gehorchten. »Sie bestehen aus Stein! Und jetzt seht euch das hier an ...« Alle Köpfe drehten sich, als Grimmas Fuß aufs Papier klopfte. »Die Autobahn soll eine Erweiterung bekommen. Autobahn — das ist eine Straße! Er wird im Steinbruch graben! In unserem Steinbruch! Genau das hat er vor!«

Langes Schweigen folgte.

»Wen meinst du denn mit *er?*« fragte Dorcas schließlich.

»Anordnung«, antwortete Grimma. »Er hat mit seinem Namen unterschrieben.«

»Sie hat recht«, sagte Masklin. »Hier steht's: ›Wiedereröffnung des Steinbruchs — auf Anordnung‹.«

Die Nomen scharrten mit den Füßen. Anordnung. Es klang nicht sehr vielversprechend. Wer Anordnung hieß, mochte zu allem fähig sein.

Gurder stand auf und klopfte sich Staub vom Umhang.

»Es ist nur ein Stück Papier, wenn man sich's genau überlegt«, brummte er mürrisch.

»Aber der Mensch kam hierher«, wandte Masklin ein. »Noch nie sind Menschen hierhergekommen.«

»O ich weiß nicht«, sagte Dorcas. »Ich meine, die Hütten und so. Die alten Werkstätten. Und die Dinge darin. Ich meine, alles hat genau die richtige Größe für Menschen. Das hat mich immer beunruhigt. Menschen sind überall. Und wenn sie einen Ort verlassen haben ... Meistens kehren die Schlingel zurück, früher oder später.«

Wieder schloß sich Schweigen an — jene Art von Stille, die entsteht, wenn viele Personen recht unangenehmen Gedanken nachhängen.

»Soll das heißen ...«, begann ein Wicht langsam. »Soll das heißen, daß wir völlig umsonst so hart gearbeitet haben, um diesen Ort in unsere neue Heimat zu verwandeln?«

»Ich glaube, es besteht kein unmittelbarer Anlaß zu Besorgnis ...«, sagte Gurder.

»Wir haben Familien«, ließ sich ein anderer Nom vernehmen. Masklin sah auf und stellte fest, daß die Worte von Angalo stammten. Im Frühling hatte er eine junge Dame aus der Familie Del Ikatessen geheiratet, und er war stolz auf seine beiden zwei Monate alten Kinder, die bereits sprechen konnten.

»Wir wollten noch einmal versuchen, etwas anzupflanzen«, sagte jemand anders. »Es hat eine Ewigkeit gedauert, den Boden hinter dem großen Schuppen vorzubereiten. Das wißt ihr ja.«

Gurder hob wie beschwörend die Hand.

»Immer mit der Ruhe. Es ist sinnlos, sich schon aufzuregen, obwohl wir noch gar nicht wissen, ob die Menschen auch wirklich zum Steinbruch zurückkehren.«

»Und wenn wir sicher sind — dürfen wir uns *dann* aufregen?« erklang eine griesgrämige Stimme. Masklin erkannte Nisodemus, der zu den Büromaterialern gehörte und Gurders Assistent war. Er hatte diesen jungen Wicht nie gemocht, und Nisodemus schien alle anderen Nomen unsympathisch zu finden.

»Ich habe mich hier nicht richtig, ähm, *wohl* gefühlt«, klagte Gurders Assistent. »Ich *wußte,* daß sich Probleme ergeben würden ...«

»Na, na, Nisodemus«, sagte Gurder mit mildem Tadel. »Du brauchst nicht gleich zu jammern.« Er überlegte kurz. »Der Rat wird sich um diese Angelegenheit kümmern.«

Die zerknitterte Zeitung lag neben der Straße. Ein gelegentlicher Windstoß wehte sie weiter, während nur einen halben Meter entfernt der Verkehr vorbeidonnerte.

Eine Bö erfaßte sie, und gleichzeitig raste ein Lastwagen heran, der einen langen Luftstrudel hinter sich herzog. Das Papier stieg auf, entfaltete sich wie ein Segel und trieb im Wind.

Unter den Bodendielen des alten Steinbruchbüros tagte der Rat.

Es waren nicht nur seine Mitglieder zugegen, sondern auch viele andere Wichte. Der Rest des Nomen-Volkes wartete draußen.

»Nun ...«, begann Angalo. »Auf dem Hügel jenseits des Kartoffelfelds steht eine große Scheune. Es könnte nicht schaden, dort Vorräte anzulegen. Um vorbereitet zu sein. Nur für den Fall. *Wenn* etwas passiert, hätten wir wenigstens einen Unterschlupf.«

»Den Gebäuden im Steinbruch fehlt Platz unterm Boden«, sagte Dorcas düster. »Abgesehen von der Kantine und dem Büro. Hier können wir uns kaum verstekken. Wir brauchen die Hütten. Wenn die Menschen zurückkehren, müssen wir diesen Ort verlassen.«

»Um uns in der Scheune einzurichten?« fragte Angalo.

»Der Mann mit dem Trecker sucht sie manchmal auf«, gab Masklin zu bedenken.

»Wir gehen ihm einfach aus dem Weg. Wie dem auch

sei ...« Angalos Blick glitt über die vielen Gesichter hinweg. »Vielleicht verschwinden die Menschen wieder. Vielleicht begnügen sie sich damit, ein paar Steine zu holen. Wir beauftragen jemanden, die Menschen zu beobachten. Und wenn sie fort sind, kehren wir hierher zurück.«

»Offenbar denkst du schon seit einer ganzen Weile an die Scheune«, bemerkte Dorcas.

»Masklin und ich haben darüber gesprochen, als wir dort auf die Jagd gingen«, erwiderte Angalo. »Stimmt's, Masklin?«

»Hm?« Der ehemalige Rattenjäger starrte ins Leere.

»Erinnerst du dich? Wir sahen uns im Bereich der Scheune um, und ich meinte: Hier könnten wir uns verstecken, wenn es einmal erforderlich werden sollte. Und du hast ›ja‹ gesagt.«

»Hm«, kommentierte Masklin.

»Aber bald ist Winter«, mahnte ein Wicht. »Ihr wißt schon: Kälte; glitzerndes Etwas auf allen Dingen.«

»Rotkehlchen«, fügte jemand hinzu.

»Genau«, murmelte der erste Nom verunsichert. Und etwas lauter: »Ja, genau. Es ist bestimmt keine gute Idee, unterwegs zu sein, wenn Rotkehlchen umhersausen.«

»An Rotkehlchen gibt's nichts auszusetzen«, verkündete Oma Morkie, die bis eben gedöst hatte. »Mein Vater meinte immer: Rotkehlchen sind recht lecker; es ist nur schwierig, sie zu fangen.« Sie strahlte voller Stolz.

Diese Bemerkung wirkte auf die meisten Anwesenden wie ein Schlag auf den Kopf. Dutzende von Augen blinzelten in einer Mischung aus Verwirrung und Benommenheit. Schließlich sagte Gurder: »Ich bin noch immer der Ansicht, daß wir uns derzeit keine zu großen Sorgen machen sollten. Warten wir ab — in Vertrauen auf Arnold Bros (gegr. 1905) und seinen Beistand.«

Stille. Angalo beendete sie mit einem sehr leisen und

sehr ironischen Flüstern: »Oh, klar, dann haben wir nichts mehr zu befürchten.«

Neuerliche Stille. Doch diesmal war es eine dichte, schwere Stille, die ständig dichter, schwerer und bedrohlicher wurde, wie Gewitterwolken, die sich über einem Berg zusammenballten — bis der erste Blitz aus ihnen hervorzuckte und Erleichterung brachte.

Er gleißte *jetzt.*

»Was hast du gesagt?« fragte Gurder langsam.

»So denken alle«, verteidigte sich Angalo. Die Mehrheit der Anwesenden entwickelte plötzliches Interesse an ihren Füßen.

»Und was meinst du damit?« erkundigte sich der Abt.

»Wo ist Arnold Bros (gegr. 1905)?« entfuhr es Angalo. »*Wie* hat er uns geholfen, das Kaufhaus zu verlassen? Auf *welche Weise?* Er war überhaupt nicht daran beteiligt.« Angalos Stimme vibrierte ein wenig, als sei selbst er entsetzt, solche Worte aus seinem Mund zu hören. »Wir haben es ganz allein geschafft. Indem wir Dinge lernten. Niemand hat uns dabei geholfen. Wir lernten, Bücher zu lesen, *deine* Bücher. Wir fanden Dinge heraus und kamen zurecht, ohne daß jemand ...«

Gurder sprang auf, das Gesicht bleich vor Zorn. Der neben ihm sitzende Nisodemus preßte sich die Hand auf den Mund und wirkte viel zu schockiert, um einen Ton hervorzubringen.

»Arnold Bros (gegr. 1905) begleitet die Nomen überallhin!« rief der Abt.

Angalo schwankte und wich einige Zentimeter zurück, aber sein Vater war einer der einflußreichsten und selbstbewußtesten Wichte im Kaufhaus gewesen, und deshalb gab er nicht so einfach nach.

»Du *erfindest* das alles!« schnaubte er. »Nun, vielleicht hat im Kaufhaus *etwas* existiert, aber wir sind jetzt nicht im Kaufhaus, sondern *hier.* Jetzt haben wir nur noch *uns selbst!* Das Problem ist: Ihr Büromaterialer seid im Kaufhaus sehr mächtig gewesen, und ihr sucht nach irgendeiner Möglichkeit, an eurer Macht festzuhalten!«

Masklin erhob sich.

»Einen Augenblick, ihr beiden ...«, begann er.

Gurder überhörte ihn. »Darauf läuft es also hinaus, wie? Typisch Kurzwarenler! Ihr wart immer viel zu stolz und arrogant! Kaum gelingt es euch, einen Lastwagen zu fahren, und schon glaubt ihr, alles zu wissen. Vielleicht kehren die Menschen deshalb zurück. Vielleicht werden sie von Arnold Bros (gegr. 1905) geschickt, um euren Hochmut zu bestrafen.«

»Dies ist nicht der geeignete Zeitpunkt, um sich zu zanken«, fuhr Masklin fort.

»Was für ein Unsinn! Warum findet du dich nicht damit ab, du alter Narr? Es gibt keinen Arnold Bros! Benutz endlich das Gehirn, das dir Arnold Bros gegeben hat!«

»Wenn ihr nicht still seid, stoße ich eure Köpfe aneinander!«

Diese Drohung schien den gewünschten Erfolg zu erzielen.

»In Ordnung«, sagte Masklin, und jetzt klang seine Stimme wieder einigermaßen normal. »Ich glaube, wir sollten die Versammlung nun schließen und den Leuten Gelegenheit geben, sich wieder mit den Dingen zu befassen, die, äh, ihre Aufmerksamkeit verlangen. Auf diese Weise trifft man keine wichtigen und schwierigen Entscheidungen. Wir brauchen Zeit, um über alles nachzudenken.«

Die Wichte gingen erleichtert. Angalo und Gurder stritten sich noch immer, als sie die übrigen Nomen nach draußen begleiten wollten.

»Ihr bleibt hier«, sagte Masklin.

Der Abt holte tief Luft. »*Hör* mal ...«

»Nein, *ihr* hört *mir* zu!« zischte Masklin. »Vielleicht bekommen wir es bald mit einem großen Problem zu tun, und ihr verschwendet eure Zeit mit sinnlosem Zank! Ihr solltet es eigentlich besser wissen! Begreift ihr denn nicht, daß ihr die anderen beunruhigt?«

»Nun, es geht um eine wichtige Sache«, brummte Angalo.

»*Ich halte es für angebracht,* daß wir uns die Scheune noch einmal aus der Nähe ansehen«, sagte Masklin scharf. »Ich bin zwar nicht gerade begeistert von der Idee, aber es wäre in jedem Fall nützlich, ein Schlupfloch zu haben. Außerdem bleiben die Leute dadurch beschäftigt. Und solange sie beschäftigt sind, machen sie sich keine Sorgen. Nun?«

»Ich schätze, da hast du recht«, gestand Gurder widerstrebend ein. »Aber ...«

»Kein ›aber‹«, unterbrach Masklin den Abt. »Ihr verhaltet euch wie Idioten. Die Wichte sehen zu euch auf – ihr müßt ihnen ein gutes Beispiel geben, klar?«

Gurder und Angalo wechselten einen finsteren Blick, nickten jedoch.

»Na schön«, sagte Masklin. »Jetzt gehen wir nach draußen, damit die Leute sehen, daß ihr euch nicht mehr streitet. Anschließend können wir damit beginnen, Pläne zu schmieden.«

»Aber Arnold Bros (gegr. 1905) *ist* wichtig«, beharrte Gurder.

»Mag sein«, entgegnete Masklin, als sie ins Tageslicht des Steinbruchs traten. Der Wind flaute ab, und das Firmament präsentierte ein kaltes Dunkelblau.

»Daran kann überhaupt kein Zweifel bestehen«, betonte Gurder.

»Hör mal«, sagte Masklin, »ich weiß nicht, ob es Arnold Bros gibt, ob er im Kaufhaus gewesen ist oder nur in deinem Kopf existierte. Aber ich weiß, daß er nicht einfach vom Himmel herabfallen wird.«

Sie sahen nach oben, und die Kaufhaus-Wichte schauderten unwillkürlich. Man brauchte noch immer eine gehörige Portion Mut, zum endlosen Himmel hinaufzustarren, wenn man den größten Teil seines Lebens unter einem *niedrigen* Dach aus Bodendielen verbracht hatte. Doch es war Tradition, den Kopf zu heben, sobald jemand den Namen Arnold Bros erwähnte: Dort oben (im Kaufhaus) befanden sich die sakralen Abteilungen Verwaltung und Buchhaltung.

»Seltsam, daß du so etwas sagst«, meinte Angalo. »Ich sehe etwas am Himmel.«

Ein rechteckiges weißes Objekt schwebte herab, schien dabei größer zu werden.

»Nur ein Stück Papier«, erwiderte Gurder. »Wahrscheinlich hat's der Wind von der Müllhalde hierhergeweht.«

Der Gegenstand drehte sich und sank in den Steinbruch.

Masklin bemerkte einen Schatten, der sich ihm rasch näherte. »Ich glaube, wir sollten ein paar Schritte zurücktreten«, sagte Masklin langsam.

Das weiße Objekt fiel auf ihn.

Es handelte sich tatsächlich um Papier. Aber Wichte sind klein, und während des langen Falls hatte die Zeitung ein ziemliches Bewegungsmoment gewonnen — es genügte, um Masklin von den Beinen zu reißen.

Als noch viel erstaunlicher erwiesen sich zwei Worte, die er las, während er nach hinten fiel. Sie lauteten: Arnold Bros.

❖ 3 ❖

I. Und sie suchten nach einem besseren Zeichen von Arnold Bros (gegr. 1905), und sie fanden eins.

II. Und einige Wichte sprachen: Na schön, aber eigentlich ist es nur ein Zu-fall.

III. Doch andere erwiderten: Selbst Zu-fälle können Zeichen sein.

Aus dem *Buch der Nomen,* Zeichen, Kapitel 2, Verse I–III

Masklin hatte sich in Hinsicht auf Arnold Bros (gegr. 1905) nie eine endgültige Meinung gebildet. Wenn man darüber nachdachte: Das Kaufhaus war recht eindrucksvoll gewesen, mit seinen Rolltreppen und so weiter, und wenn Arnold Bros (gegr. 1905) es nicht gebaut hatte — wer dann? In dem Fall kamen nur Menschen in Frage. Masklin hielt die Menschen nicht für so dumm wie die meisten anderen Wichte. Sie mochten groß und langsam sein, aber sie zeigten auch sture Entschlossenheit, wenn sie sich irgend etwas in den Kopf setzten. Bestimmt konnte man ihnen beibringen, einfache Dinge zu verrichten.

Andererseits: Die Welt war viele *Kilometer* groß. Vielleicht erwartete man zuviel von Arnold Bros (gegr. 1905), wenn man annahm, daß er *alles* erschaffen hatte.

Aus diesem Grund beschloß Masklin, sich in Hinsicht auf Arnold Bros (gegr. 1905) gesunde Skepsis zu bewahren, ohne sie in Worte zu kleiden — um Arnold Bros (gegr. 1905) nicht zu verärgern, falls es ihn doch gab.

Seine Aufgeschlossenheit brachte jedoch ein Problem mit sich: Immer wieder versuchte jemand, ihm eine Meinung aufzudrängen.

Die vom Himmel herabgefallene Zeitung lag nun ausgebreitet auf dem Boden eines Schuppens.

Worte bedeckten das Papier. Die meisten von ihnen konnte Masklin lesen, aber selbst Grimma mußte zugeben, daß die von ihnen gebildeten Sätze kaum einen Sinn ergaben. SCHULREFORM IM KREUZFEUER DER KRITIK stellte nach wie vor ein ungelöstes Rätsel dar, ebenso wie AUSEINANDERSETZUNGEN UM POLL TAX und SPIELEN SIE SUPERBINGO MIT DER SOARAWAY BLACKBURY EVENING POST & GAZETTE. Doch diese Geheimnisse konnten warten.

Die Blicke der Anwesenden galten einem kleinen, etwa nomgroßen Bereich unter dem Wort LEUTE.

»Damit sind Leute gemeint«, sagte Grimma.

»Tatsächlich?« fragte Masklin.

»Und darunter steht: ›Der lebenslustige Globetrotter, Millionär und Playboy Richard Arnold jettet nächste Woche in den Sonnenschein von Florida, um den Start von Arnsat 1 zu beobachten, des ersten Kommuni ...‹« Grimma zögerte kurz. »... *ka*tions ... satelliten der Arnco Inter ... *na*tional Group. Dieser Sprung in die Zukunft erfolgt nur wenige Monate nach dem Brand, der ...«

Einige Wichte hatten stumm gelesen und erschauerten nun.

»... das Arnold Bros-Kaufhaus in Blackbury zerstörte. Es bildete den Anfang der Arnold-Kette und die Basis einer Firmengruppe, die heute Umsätze von vielen hundert Millionen erzielt. Gebaut wurde es 1905 von Alderman Frank W. Arnold und seinem Bruder Arthur. Der En-kel Richard, 39 ...« Grimmas Stimme versagte.

»Enkel Richard, 39«, wiederholte Gurder, und Triumph leuchtete in seinem Gesicht. »Na, was sagt ihr *jetzt?*«

»Was bedeutet ›Globetrotter‹?« fragte Masklin.

»Nun, ›globe‹ klingt fast wie ›Globus‹, und das ist eine Kugel«, erklärte Grimma. »Was ›trotten‹ betrifft … Eine Art langsames Laufen. Langsames Laufen auf einer Kugel.«

»Dies ist eine Botschaft von Arnold Bros«, sagte Gurder mit Nachdruck. »Für uns bestimmt.«

»Eine Botschaft, ähm, für uns!« intonierte Nisodemus, der hinter dem Abt stand. Er hob beide Hände. »Und sie kommt direkt von …«

»Ja, ja, Nisodemus«, sagte Gurder. »Das genügt. Braver Junge.« Er warf Masklin einen verlegenen Blick zu.

»Klingt irgendwie seltsam«, murmelte Masklin. »Langsames Laufen … Man würde herunterfallen. Von einer Kugel, meine ich.«

Erneut starrten sie auf das *Bild*. Es bestand aus kleinen Punkten und zeigte ein lächelndes Gesicht mit Zähnen und Bart.

»Ist doch logisch«, behauptete Gurder voller Zuversicht. »Arnold Bros (gegr. 1905) schickt seinen Enkel, 39, um … um …«

»Und dann die Namen der beiden Erbauer«, fuhr Masklin fort. »Das verstehe ich nicht. Ich dachte, Arnold Bros (gegr. 1905) hätte das Kaufhaus erschaffen.«

»Die beiden anderen haben ihm vielleicht dabei geholfen«, vermutete Gurder. »Das ergibt durchaus einen Sinn. Es war ein großes Kaufhaus. Um ein großes Kaufhaus zu erschaffen, muß man hart arbeiten.« Seine Miene verriet vages Unbehagen. »Zwei Assistenten, ja. Um die einfachen Dinge zu erledigen.«

»Na *schön*«, brummte Dorcas. »Fassen wir alles zusammen. Die Botschaft teilt uns mit, daß Enkel, 39, in Florida ist, wo auch immer das sein mag …«

»Erst in der nächsten Woche«, sagte Grimma. »Vorher muß er auf dem Globus trotten. Und Florida …«

»Ein Name für Orangensaft«, meinte jemand. »Das

weiß ich genau: Als wir uns auf der Müllhalde umsahen, entdeckten wir einen alten Karton mit der Aufschrift ›Florida-Orangensaft‹. Ich hab's gelesen«, fügte der Wicht hinzu.

»Wir können also davon ausgehen, daß Enkel, 39, in der nächsten Woche Orangensaft erreichen wird«, stellte Dorcas skeptisch fest. »Zuvor läuft er langsam auf einem Ball und *jettet,* was auch immer *das* bedeutet. Außerdem scheint er Gefallen daran zu finden.«

Die Nomen schwiegen und dachten darüber nach.

»Heilige Äußerungen sind oft schwer zu verstehen«, sagte Gurder ernst.

»Diese scheinen *sehr* heilig zu sein«, entgegnete Dorcas.

»*Ich* glaube, es steckt überhaupt nichts dahinter«, sagte Angalo hochmütig. »Es ist nur eine erfundene Geschichte über einen Menschen, so wie in einigen Büchern.«

»Wie viele Menschen können auf einer Kugel stehen *und* auch noch langsam auf ihr laufen?« fragte Gurder,

Angalo grummelte. »Nun gut. Was sollen wir jetzt unternehmen?«

Der Mund des Abts öffnete und schloß sich mehrmals. »Äh, das ist doch völlig klar«, sagte er unsicher.

»Wir sind ganz Ohr.«

»Äh. Völlig ... klar. Wir müssen, äh, den Ort aufsuchen, wo's den Orangensaft gibt ...«

»Und?« drängte Angalo.

»Dort suchen wir Enkel, 39. Es dürfte uns nicht sehr schwer fallen, ihn zu finden. Immerhin haben wir dieses Bild ...«

»Und?«

Gurder bedachte Angalo mit einem durchdringenden Blick. »Erinnerst du dich an das Schild mit dem Gebot, das Arnold Bros (gegr. 1905) im Kaufhaus aufhängte? Darauf stand: ›Wenn Sie nicht finden, was Sie suchen, so wenden Sie sich an die Auskunft‹.«

Die Wichte nickten. Viele von ihnen kannten jenes Gebot, ebenso wie die anderen: *Alles muß weg*. Und bei den Rolltreppen: *Hunde und Sportwagen müssen getragen werden*. So lauteten die Worte von Arnold Bros (gegr. 1905). Man konnte sie nicht leugnen. Aber ... Jene Schilder waren zusammen mit dem Kaufhaus verbrannt. Und dies hier war der Steinbruch.

»Und?« fragte Angalo.

Gurder begann zu schwitzen. »Nun, äh, dann bitten wir Enkel, 39, die Menschen vom Steinbruch fernzuhalten.«

Peinliches Schweigen folgte.

»Ich habe noch nie zuvor etwas Dümmeres gehört«, sagte Angalo nach einer Weile.

»Was bedeutet *jetten?*« erkundigte sich Grimma. »Hat das etwas mit einem Jet zu tun?«

Angalo schlüpfte sofort in die Rolle des Transportmittel-Experten. »Man bezeichnet Flugzeuge auch als Jets«, antwortete er.

Alle wußten von Masklins Interesse am Flugplatz und drehten sich zu ihm um.

Er war nicht mehr da.

Masklin zog das *Ding* aus dem Wandloch und kehrte nach draußen zurück. Der schwarze Kasten mußte nicht mit Drähten verbunden werden — es genügte, ihn in die Nähe eines Kabels zu bringen.

Im alten Büro des Verwalters gab es noch immer Elektrizität. Masklin lief durch die leere Gasse zwischen den Hütten und schob sich durch einen Spalt in der schiefen Tür.

Dann stellte er das *Ding* mitten auf dem Boden ab und wartete.

Es dauerte immer eine Weile, bis der Kasten erwachte. Schließlich blinkten erste Lichter, und leises Piepen erklang. Masklin verglich es mit dem Gähnen eines Wichts, der am Morgen aufstand.

»Wer ist da?« fragte das *Ding.*

»Ich bin's, Masklin. Bitte erklär mir die Bedeutung des Wortes ›Kommunikationssatellit‹. Du hast schon einmal von einem Satelliten gesprochen, wenn ich mich recht entsinne. Der Mond soll einer sein, nicht wahr?«

»Ja. Kommunikationssatelliten sind künstliche Monde. Man benutzt sie für die Kommunikation, für die Übermittlung von Informationen, in diesem Fall durch Radio und Fernsehen.«

»Fernsehen?« wiederholte Masklin.

»Ein Mittel, um Bilder durch die Luft zu schicken.«

»Geschieht das häufig?«

»Die ganze Zeit über.«

Masklin nahm sich vor, demnächst nach Bildern in der Luft Ausschau zu halten.

»Ich verstehe«, log er. »Und die Satelliten ... Wo befinden sie sich?«

»Am Himmel.«

»Mir ist noch nie einer aufgefallen«, sagte Masklin im Tonfall des Zweiflers. Eine Idee formte sich in ihm, aber sie weigerte sich noch, klare Konturen zu gewinnen. Erinnerungsfetzen flogen an seinem inneren Auge vorbei: Dinge, über die er gelesen und von denen er gehört hatte. Der ehemalige Rattenjäger versuchte, sich nicht zu sehr auf sie zu konzentrieren: Die Ideenfragmente brauchten Zeit, um sich zusammenzufügen; zuviel Aufmerksamkeit verscheuchte sie.

»Sie fliegen in der Umlaufbahn, viele Kilometer über dem Boden«, erklang wieder die summende Stimme des schwarzen Kastens. *»Es gibt eine ganze Menge im Orbit dieses Planeten.«*

»Woher weißt du das?«

»Ich nehme ihre Präsenz wahr.«

»Oh.«

Masklin beobachtete die flackernden Lichter.

»Wenn Satelliten künstlich sind ... Bedeutet es, daß sie in Wirklichkeit gar nicht existieren?«

»Es handelt sich um Maschinen. Für gewöhnlich werden sie auf dieser Welt gebaut und dann ins All gebracht.«

Die Idee löste sich allmählich aus dem Unterbewußtsein, stieg wie eine Blase auf …

»Du hast gesagt, daß auch unser Schiff im All ist.«

»Ja.«

Jetzt explodierte die Idee wie eine Pusteblume. »Wenn wir wüßten, wo ein solcher Satellit ins All gebracht wird …« Masklin sprach immer schneller, bevor die Worte Gelegenheit zur Flucht bekamen. »Dann könnten wir uns vielleicht daran festhalten oder ihn wie den Lastwagen fahren, und wir nehmen dich mit, und wir springen ab, wenn wir ganz oben sind, und dann suchen wir nach dem Schiff, das läßt sich doch bewerkstelligen, oder?«

»Haben Sie eine Vorstellung von der Größe des Alls?«

»Nein«, antwortete Masklin höflich. »Es ist ziemlich groß, nicht wahr?«

»Ja. Aber es wäre mir vielleicht möglich, das Schiff zu orten und mich mit ihm in Verbindung zu setzen, wenn ich oberhalb der Atmosphäre bin. Wissen Sie, was es mit dem Begriff ›Sauerstoffvorrat‹ auf sich hat?«

»Nein.«

»Sagt Ihnen die Bezeichnung ›Raumanzug‹ etwas?«

»Nein.«

»Es ist sehr kalt im All.«

»Nun, wir könnten in Bewegung bleiben, um uns warm zu halten«, sagte Masklin verzweifelt.

»Ich fürchte, der Inhalt des Alls wird Ihnen nicht gefallen.«

»Was enthält es denn?«

»Nichts. Es enthält nichts. Und gleichzeitig alles. Doch es gibt dort weniger Alles und viel mehr Nichts, als Sie glauben.«

»Es ist trotzdem einen Versuch wert, oder?«

»Sie schlagen etwas vor, wovon ich dringend abrate«, erwiderte das *Ding.*

»Ja, aber weißt du …« Masklin holte tief Luft. »Wenn ich es nicht versuche, bleibt es immer so wie jetzt. Wir fliehen, und wenn wir uns schließlich irgendwo niederlassen und glauben, eine neue Heimat gefunden zu haben … Dann zwingt uns irgend etwas, erneut aufzubrechen. Früher oder später müssen wir einen Ort finden, wo wir für immer bleiben können. Dorcas hat recht. Die Menschen sind überall. Außerdem hast du selbst gesagt, daß wir irgendwo … dort oben zu Hause sind.«

»Es ist noch zu früh. Sie sind schlecht vorbereitet.«

Masklin ballte die Fäuste. »Ich werde nie *gut* vorbereitet sein! Ich bin in einem Loch geboren, *Ding!* In einem schmutzigen Loch im Boden! Wie soll ich jemals gut auf etwas vorbereitet sein? So ist das *Leben, Ding* — es bedeutet, immerzu schlecht vorbereitet zu sein. Es bedeutet, daß man nur eine Chance bekommt, *Ding!* Nur eine Chance — und dann stirbt man. Man kann nicht noch einmal beginnen, wenn man den Dreh raus hat. Verstehst du, *Ding?* Deshalb versuchen wir es *jetzt!* Ich *befehle* dir, uns zu helfen! Du bist eine Maschine und mußt gehorchen!«

Die Lichter am schwarzen Kasten bildeten eine Spirale.

»Sie lernen schnell«, sagte das *Ding.*

❖ 4 ❖

III. Und mit einer Stimme wie Donner sprach der Große Masklin zu dem *Ding:* Jetzt ist es an der Zeit, zu unserer Heimat im Himmel zurückzukehren.

IV. Oder wir sind ständig auf der Flucht.

V. Aber niemand darf von meiner Absicht erfahren, denn sonst sagen die anderen Nomen: Lächerlich — warum sich dem Himmel zuwenden, wenn wir hier genug Probleme haben?

VI. So sind die Nomen eben.

Aus dem *Buch der Nomen,* Steinbrüche, Kapitel 2, Verse III—VI

Zwischen Gurder und Angalo fand eine heftige Auseinandersetzung statt, als Masklin zurückkehrte.

Er versuchte nicht einmal, den neuerlichen Streit zu beenden, legte einfach nur das *Ding* beiseite, setzte sich daneben und sah zu.

Seltsam, wie sich Wichte stritten. Das Geheimnis eines richtig guten Streits schien darin zu bestehen, der anderen Person so wenig wie möglich zuzuhören.

In dieser Hinsicht hatten Gurder und Angalo ein meisterliches Geschick entwickelt. Ihrem ständigen Zank gesellte sich auch noch ein anderer Aspekt hinzu: Niemand von ihnen war völlig sicher, recht zu haben. Und Leute, die nicht völlig sicher waren, recht zu haben, stritten um so lauter, so als ginge es ihnen in erster Linie darum, sich selbst zu überzeugen. Gurder behauptete zwar, daß Arnold Bros (gegr. 1905) existierte, aber ein Rest von Zweifel verharrte in ihm. Angalo glaubte, daß Arnold Bros (gegr. 1905) *nicht* existierte, aber tief in seinem Innern zog er die Möglichkeit in Erwägung, daß er sich vielleicht irrte.

Schließlich bemerkte Angalo den Zuschauer.

»Bring ihn zur Vernunft«, forderte er Masklin auf. »Er will Enkel, 39, suchen!«

»Tatsächlich?« Masklin wandte sich an Gurder. »Und wo willst du mit der Suche beginnen?«

»Auf dem Flugplatz«, antwortete der Abt sofort. »Du hast es gehört: *jetten*. In einem Jet. Das hat Enkel, 39, vor.«

»Aber wir *kennen* den Flugplatz!« ereiferte sich Angalo. »Ich bin mehrmals am Zaun gewesen! Menschen betreten das große Gebäude und verlassen es, den ganzen Tag über! Enkel, 39, sieht genauso aus wie sie! Vielleicht ist er schon langsam auf der Kugel gelaufen! Vielleicht befindet er sich bereits im Orangensaft! Meine Güte, man darf doch nicht einfach so Worten glauben, die vom Himmel fallen!« Sein Blick wanderte wieder zum ehemaligen Rattenjäger. »Masklin ist ein vernünftiger Bursche. Hör ihm gut zu, Gurder. Masklin denkt über die Dinge nach. Er weiß genau, worauf es an ...«

»Laßt uns zum Flugplatz gehen«, erwiderte Masklin.

»Na bitte«, seufzte Angalo. »Ich hab's dir ja gesagt. Masklin ist kein Wicht, der ... Was?«

»Laßt uns zum Flugplatz gehen und dort alles beobachten.«

Angalos Mund klappte auf und wieder zu.

»Aber ... aber ...«, brachte er hervor.

»Ein Versuch kann nicht schaden«, sagte Masklin.

»Aber es ist doch alles nur Zu-fall!« protestierte Angalo. »Ich meine, das Papier mit den Worten drauf ist uns im wahrsten Sinne des Wortes zugefallen!«

Masklin zuckte mit den Schultern. »Wenn die Suche ohne Erfolg bleibt, kehren wir zurück. Ich schlage nicht vor, daß sich alle Nomen auf den Weg machen. Nur ein paar.«

»Und wenn etwas passiert, während wir fort sind?«

»Es würde ohnehin passieren. Es gibt hier Tausende von uns. Genug Wichte, um den Alten und Kindern zu helfen, falls wir in die Scheune umziehen müssen. Die Situation ist jetzt anders als vor der Langen Fahrt.«

Angalo zögerte.

»*Ich* gehe«, sagte er plötzlich. »Um zu beweisen, wie abergläubisch ihr seid.«

Masklin nickte. »Gut.«

»Vorausgesetzt natürlich, Gurder kommt mit.«

»Was?« entfuhr es Gurder.

»Immerhin bist du der *Abt*«, betonte Angalo mit unüberhörbarem Sarkasmus. »Wenn wir Enkel, 39, finden, so solltest *du* mit ihm reden. Ich meine, wahrscheinlich wäre er gar nicht bereit, jemand anderem zuzuhören.«

»Aha!« rief Gurder. »Du rechnest bestimmt damit, daß ich dich nicht begleiten will! Aber da muß ich dich enttäuschen! Ich komme allein deshalb mit, um dein Gesicht zu sehen, wenn wir ...«

»Dann ist ja alles geregelt«, sagte Masklin ruhig. »Und nun ... Ich glaube, wir sorgen besser dafür, daß Wächter die Straße im Auge behalten. Und wir sollten eine Gruppe zur Scheune schicken. Und es wäre eine gute Idee festzustellen, wieviel die Steinbruch-Nomen tragen können. Für alle Fälle.«

Grimma wartete draußen auf Masklin. Sie wirkte nicht besonders glücklich.

»Ich kenne dich«, sagte sie. »Du siehst jetzt aus wie der Masklin, der andere Leute dazu bringt, sich deinem Willen zu fügen. Was hast du vor?«

Sie schlenderten in den Schatten einer halb verrosteten Wellblechplatte. Masklin blickte mehrmals zum Firmament hinauf. Noch an diesem Morgen hatte er den Himmel für ein blaues Ding mit Wolken gehalten; jetzt wußte er, daß sich irgendwo dort oben Worte, Bilder und Maschinen verbargen. Sonderbar: Je mehr man herausfand, desto weniger *wußte* man.

»Keine Ahnung«, entgegnete er nach einer Weile. »Ich weiß es selbst nicht genau.«

»Es steht mit dem *Ding* in Zusammenhang, nicht wahr?«

»Ja. Nun, wenn ich etwas länger fort bin als sonst ...«

Grimma stemmte die Hände an die Hüften. »Ich bin nicht dumm«, sagte sie. »Orangensaft, ha! Ich habe fast alle Bücher aus dem Kaufhaus gelesen. Florida ist ein ... Ein *Ort*. Wie der Steinbruch. Vielleicht sogar noch größer. Und weit entfernt. Man muß viel Wasser überqueren, um ihn zu erreichen.«

»Vielleicht ist die Strecke noch größer als jene, die wir während der Langen Fahrt zurücklegten«, murmelte Masklin. »Als wir am Flugplatz waren ... Auf der anderen Seite der Straße habe ich Wasser gesehen, das bis zum Horizont reichte. Es schien überhaupt kein Ende zu nehmen.«

»Genau das meine ich«, erwiderte Grimma selbstgefällig. »Ein Ozean, nehme ich an.«

»Davor stand ein Schild«, fuhr Masklin fort. »Ich erinnere mich nicht genau an die Aufschrift, und außerdem kannst du besser lesen als ich. Eins der Worte lautete Re ... ser ... voir. Glaube ich.«

»Na bitte.«

»Wir sollten es trotzdem versuchen.« Masklin schnitt eine finstere Miene. »Es gibt nur einen Ort, wo wir sicher sind — unsere wahre Heimat. Oder möchtest du für immer auf der Flucht sein?«

»Die Sache gefällt mir trotzdem nicht«, sagte Grimma.

»Du hast immer wieder darauf hingewiesen, daß du es verabscheust, ständig wegzulaufen. Und gibt es eine Alternative? Nein. Laß es mich versuchen. Wenn's nicht klappt, kehren wir zurück.«

»Angenommen, es geht etwas schief? Angenommen, du kehrst *nicht* zurück? Ich ...« Grimma zögerte.

»Ja?« fragte Masklin hoffnungsvoll.

»Dann ... fällt es mir bestimmt nicht leicht, den Wichten gewisse Dinge zu erklären.« Mit etwas festerer Stimme fuhr Grimma fort: »Es ist eine dumme Idee. Und ich will nichts damit zu tun haben.«

»Oh.« Trotz verdrängte Masklins Enttäuschung. »Nun, ich breche trotzdem auf, wenn du gestattest.«

❖ 5 ❖

V. Und er fragte: Was hat es mit den Fröschen auf sich, von denen du sprichst?

VI. Und sie antwortete: Du verstehst das sicher nicht.

VII. Und er sagte: Mag sein.

Aus dem *Buch der Nomen,* Seltsame Frösche, Kapitel 1, Verse V–VII

Eine Nacht reger Betriebsamkeit ...

Wichte mußten mehrere Stunden lang marschieren, um zur Scheune zu gelangen. Einige Gruppen gingen los, um den Weg zu markieren, Vorbereitungen zu treffen und nach Füchsen Ausschau zu halten. Obwohl sich solche Tiere nicht mehr in die Nähe des Steinbruchs wagten. Ein Fuchs würde bestimmt die Gelegenheit nutzen, einzelne Nomen anzugreifen, aber bei dreißig gut bewaffneten und sehr entschlossenen Wichten sah die Sache ganz anders aus: Nur ein ausgesprochen dummer Fuchs zeigte Interesse an ihnen. Jene wenigen Exemplare, die ihr Revier in der Nähe hatten, liefen in die entgegengesetzte Richtung, wenn sie einem Nom begegneten. Sie wußten inzwischen, daß sich Wichte ziemlich gut zur Wehr setzen konnten.

Für manche Füchse war es eine bittere Lektion gewesen. Kurz nach der Ankunft des Nomen-Volkes im Steinbruch überraschte ein Fuchs zwei Wichte beim Sammeln von Beeren und fraß sie. An jenem Abend erwartete ihn eine noch größere Überraschung: Zweihundert grimmig dreinblickende Nomen verfolgten ihn zu seinem Bau, entzündeten ein Feuer vor dem Zugang und machten von ihren Speeren Gebrauch, als er mit tränenden Augen aus dem Qualm kam.

Es gibt viele Tiere, die Wichte für Leckerbissen halten — mit dieser Warnung wandte sich Masklin an die Flüchtlinge aus dem Kaufhaus. Und sie müssen lernen: entweder wir oder sie. Wir sollten ihnen sofort zu verstehen geben: Wenn jemand dran glauben muß, so sind *sie* es. Ab sofort wird Nomenfleisch vom Speisezettel der Tiere gestrichen.

Katzen waren viel intelligenter. Katzen hielten sich vom Steinbruch fern.

»Vielleicht übertreiben wir's mit der Besorgnis«, sagte Angalo nervös, als der Morgen dämmerte. »Vielleicht benötigen wir die Scheune gar nicht.«

»Wir haben uns hier gerade erst eingelebt«, meinte Dorcas. »Wie dem auch sei: Wenn wir Wächter an den richtigen Stellen postieren, können wir innerhalb von fünf Minuten alle Wichte in Sicherheit bringen. Heute morgen beginnen wir damit, Nahrungsvorräte in der Scheune anzulegen. Für den Notfall. Kann sicher nicht schaden.«

Manchmal wanderten Nomen bis zum Flugplatz. Unterwegs kamen sie an einer Müllhalde vorbei, wo man Kleidung und Draht finden konnte, und die mit Wasser gefüllten Kiesgruben dahinter boten geduldigen Wichten die Möglichkeit, Fische zu fangen. Die eher gemütliche Reise nahm etwa einen Tag in Anspruch, und die meiste Zeit über brauchte man nur den Dachspfaden zu folgen. Man mußte eine breite Straße überqueren, beziehungsweise unter ihr zur anderen Seite kriechen: Aus irgendeinem Grund hatte jemand Rohre unter den Asphalt gelegt, genau dort, wo der Pfad endete. Vermutlich die Dachse. Sie benutzten die Rohre ziemlich oft.

Masklin fand Grimma unter einer der alten Hütten, in einer Höhle, die sie ›Schule‹ nannte — dort brachte sie Kindern Lesen und Schreiben bei. Sie ließ einen mahnenden Blick über ihre Schüler schweifen und forderte sie auf, keinen Unsinn anzustellen — wäre Nicco Kurzwarenler vielleicht bereit, dem Rest der Klasse zu erklären, was er so lustig fand? Nein? Dann sollte er sich besser auf Stift und Papier konzentrieren — bevor sie in den Tunnel trat.

»Ich bin nur gekommen, um mich zu verabschieden«, sagte Masklin. Er drehte die Mütze in den Händen hin und her. »Einige Wichte gehen zur Müllhalde. Bis dorthin sind wir also nicht allein unterwegs. Äh.«

»Elektrizität«, erwiderte Grimma unbestimmt.

»Bitte?«

»In der Scheune gibt es keine Elektrizität«, erklärte Grimma. »Erinnerst du dich daran, was das bedeutet? Wenn des Nachts nicht der Mond schien, mußten wir im Bau bleiben. Ich dachte, das alles hätten wir endlich hinter uns.«

»Nun, vielleicht waren wir damals besser dran«, entgegnete Masklin. »Heute haben wir viel mehr ... Dinge, aber ...«

»Wir hatten immer Hunger!« stieß Grimma hervor. »Wir fürchteten uns die ganze Zeit über und froren und *wußten* nichts. Frag Oma Morkie nach der guten alten Zeit und hör dir ihre Antwort an.«

»Wir hatten uns«, murmelte Masklin.

Grimma starrte auf ihre Finger.

»Wir waren nur im gleichen Alter und lebten in der gleichen Höhle«, sagte sie leise und sah auf. »Aber jetzt ist alles anders! Denk nur an ... an die Frösche.«

Masklin starrte mit offenem Mund. Und Grimma wirkte unsicher.

»Ich habe davon in einem Buch gelesen«, verkündete sie. »Es gibt da einen Ort, weißt du. Heißt Südamerika. Und da gibt's Berge, und es ist warm, und es regnet dauernd, und in den Regenwäldern gibt es unglaublich große Bäume, und ganz oben in den Wipfeln gibt's große Blumen, sie heißen Bromelien, und Regenwasser sammelt sich in den großen Blüten, formt kleine Teiche darin, und es gibt Frösche, die ihre Eier in diese Teiche legen, und Kaulquappen schlüpfen daraus, wachsen zu neuen Fröschen heran, und diese kleinen Frösche verbringen ihr ganzes Leben in den Baumwipfeln, und sie wissen gar nicht, daß die Welt einen Boden hat, daß sie voller Dinge ist, die wir kennen, und jetzt weiß ich von jenen Fröschen, und ich werde sie nie sehen, und *du* ...« — Grimma schnappte nach Luft — »... verlangst von mir, daß ich mit dir in einem *Loch* lebe und deine Socken wasche!«

Masklin wiederholte den langen Satz in Gedanken und hoffte, daß er dabei einen Sinn ergab.

»Ich trage gar keine Socken«, wandte er ein.

Das waren offenbar die falschen Worte. Grimma bohrte ihm den Zeigefinger in den Bauch.

»Masklin«, sagte sie, »du bist ein anständiger Nom und auch recht intelligent, auf deine eigene Art und Weise. Aber der Himmel hält keine Antworten bereit. Du solltest mit beiden Beinen fest auf dem Boden stehen und den Kopf nicht in der Luft tragen!«

Grimma rauschte fort und schloß die Tür hinter sich.

Masklin spürte, wie ihm die Ohren glühten.

»Ich kann aber beides!« rief er. »Und zwar gleichzeitig!«

Er dachte darüber nach. »Jeder ist dazu imstande«, fügte er hinzu.

Dann drehte er sich um und stapfte durch den Tunnel. *Recht intelligent, auf deine eigene Art und Weise!* Gurder hatte recht: Bildung für alle war keine sehr gute Idee. *Ich verstehe die Frauen nie,* dachte Masklin. *Selbst wenn ich zehn Jahre alt werde.*

Gurder vertraute die Führung der Büromaterialer Nisodemus an, und davon war Masklin nicht gerade begeistert. Er hielt Nisodemus keineswegs für dumm. Ganz im Gegenteil. Der junge Wicht zeichnete sich durch eine *überschäumende* Art von Klugheit aus, der

Masklin mißtraute. Er schien immer voller Aufregung zu sein, und wenn er sprach, strömten die Worte endlos aus seinem Mund. Wenn ihm die Luft knapp wurde, legte er ein kurzes ›ähm‹ ein — um zu atmen, ohne daß jemand die Chance bekam, ihn zu unterbrechen. Er weckte Unbehagen in Masklin, und der ehemalige Rattenjäger sprach den Abt darauf an.

»Manchmal übertreibt es Nisodemus mit seiner Begeisterung«, sagte Gurder. »Aber er hat das Herz am rechten Fleck.«

»Was ist mit seinem Kopf?«

»Hör mal ...«, erwiderte Gurder. »Wir kennen uns gut, nicht wahr? Und wir verstehen uns, oder?«

»Ja. Warum?«

»Ich überlasse es dir, alle Entscheidungen zu treffen, die das Körperliche der Nomen betreffen«, sagte der Abt. Seine Stimme klang *fast* drohend. »Und du überläßt mir alle Entscheidungen in Hinsicht auf die Nomen-Seelen, einverstanden?«

Dann brachen sie auf.

Der Abschied, die letzten Grüße, Ratschläge und — immerhin waren es Nomen — hundert kleinen Streitereien sind nicht weiter wichtig.

Wichtig ist nur: Sie machten sich auf den Weg.

Das Leben im Steinbruch kehrte zu nomischer Normalität zurück. Es fuhren keine Lastwagen mehr zum Tor. Trotzdem schickte Dorcas zwei seiner besonders flinken Ingenieursassistenten zum Maschendrahtzaun, um das rostige Vorhängeschloß mit Schlamm vollzustopfen. Darüber hinaus beauftragte er einige andere Wichte, Drähte ums Tor zu wickeln.

»Aber damit können wir entschlossene Menschen nur für kurze Zeit aufhalten«, sagte er.

Die Ratsmitglieder — drei fehlten — nickten würdevoll, obwohl sie kaum etwas von mechanischen Dingen verstanden. Sie interessierten sich nicht einmal dafür.

Am Nachmittag des gleichen Tages rollte erneut ein kleiner Laster zum Tor. Die beiden Wächter am Weg eilten sofort zum Steinbruch, um Bericht zu erstatten. Der Fahrer hatte eine Zeitlang am Vorhängeschloß hantiert und an den Drähten gezogen, bevor er wieder einstieg und zur Straße fuhr.

»Und er hat etwas gesagt«, meinte Sacco.

»Ja, das stimmt — Sacco hat's gehört«, bestätigte Nooty Kinderkleidung. Sie war eine dickliche junge Nomin, trug Hosen, kam gut mit Technik zurecht und hatte sich freiwillig zum Wachdienst gemeldet — um nicht daheim zu bleiben und kochen zu lernen. Die Dinge im Steinbruch veränderten sich tatsächlich.

»Ich habe gehört, wie der Mensch etwas sagte«, betonte Sacco, um jeden Zweifel auszuräumen.

»Genau«, pflichtete ihm Nooty bei. »Wir haben es beide gehört, nicht wahr, Sacco?«

»Und *was* hat der Mensch gesagt?« fragte Dorcas mit erzwungener Geduld. *So etwas habe ich nicht verdient*, dachte er. *Dazu bin ich zu alt. Ich wäre jetzt viel lieber in meiner Werkstatt, um das Radio zu erfinden.*

»Er sagte ...« Sacco holte tief Luft, und die Augen traten ihm aus den Höhlen, als er sich bemühte, das für Menschen typische Nebelhorn-Blöken nachzuahmen. »›Veeerdaaamteeekiiindeeer!‹«

Dorcas sah die anderen Ratsmitglieder an.

»Nun?« fragte er. »Hat jemand eine Idee? Es klingt beinah so, als könnte es etwas bedeuten, nicht wahr? Tja, wenn wir imstande wären, die Menschen zu verstehen ...«

»*Dieser* Mensch muß noch dümmer gewesen sein als die übrigen«, sagte Nooty. »Er versuchte, das Tor zu öffnen!«

»Bestimmt kehrt er zurück«, erwiderte Dorcas düster und schüttelte den Kopf.

»Na schön«, brummte er schließlich. »Gut gemacht. Danke. Haltet jetzt wieder Wache.«

Sacco und Nooty gingen Hand in Hand fort. Dorcas sah ihnen kurz nach, bevor er durch den Steinbruch schritt, zum alten Büro des Verwalters.

Im Kaufhaus habe ich sechsmal Weihnachten erlebt, dachte er. *Sechs wieheißensie — Jahre. Und fast noch eins mehr, obwohl man hier draußen nicht ganz sicher sein kann. Niemand bringt Schilder, um darauf hinzuweisen, was geschieht, und die Heizung wird einfach abgestellt. Sieben Jahre. In einem solchen Alter sollte man damit beginnen, es etwas ruhiger angehen zu lassen. Aber ich bin hier draußen, in einer Welt, die keine richtigen Wände hat, in der das Wasser kalt wird und morgens manchmal so hart ist wie Glas. In einer Welt, deren Klimaanlage defekt zu sein scheint. Nun ...* Dorcas straffte die Schultern. *Als Wissenschaftler finde ich diese Phänomene natürlich sehr interessant. Doch es wäre viel angenehmer, sie sehr interessant zu finden, während ich es irgendwo* drinnen *warm und gemütlich habe.*

Oh, *drinnen.* Ein verlockender Gedanke. Die meisten älteren Wichte fürchteten sich vor dem Draußen, obwohl sie nur selten darüber sprachen. Im Steinbruch mit den hoch aufragenden Klippen war es eigentlich gar nicht so übel. Wenn man vermied, nach oben oder zur vierten Seite zu sehen, die einen entsetzlich weiten Blick über die Landschaft gewährte ... Dann konnte man fast glauben, wieder im Kaufhaus zu sein. Trotzdem zogen es viele ältere Nomen vor, in den Hütten oder im behaglichen Halbdunkel unter den Bodendielen zu bleiben. Im Freien fühlten sie sich schutzlos und hatten das schreckliche Empfinden, vom Himmel beobachtet zu werden.

Die Kinder hingegen mochten das Draußen. Sie kannten nichts anderes. Einige von ihnen entsannen sich noch ans Kaufhaus, doch jene Erinnerungen hatten praktisch keine Bedeutung für sie. Sie gehörten ins Draußen, waren daran gewöhnt. Und die jungen Männer, die jagten und Beeren sammelten ... Nun, junge Männer zeigten gern ihren Mut, nicht wahr? Insbesondere vor anderen jungen Männern. Und auch vor jungen Frauen.

Als Wissenschaftler und rational denkender Nom weiß ich natürlich, daß wir nicht dazu bestimmt waren, immer unter Bodendielen zu leben, dachte Dorcas. *Allerdings bin ich auch ein Nom, der vermutlich sieben Jahre alt ist und allmählich die Knochen spürt. Ich hätte nichts dagegen, hier einige der vertrauten Schilder zu sehen, mit Aufschriften wie* Stark reduziert *oder* Morgen beginnt der Schlußverkauf. *Was kann's schaden? Dadurch würde ich mich wesentlich besser fühlen. Was natürlich völlig unsinnig ist, wenn man alles aus der rationalen Perspektive des Wissenschaftlers betrachtet.*

Und dann dachte Dorcas: *Man nehme zum Beispiel Arnold Bros (gegr. 1905). Ich bin ziemlich sicher, daß er nicht auf die Weise existiert, wie ich es als Kind immer wieder gehört habe. Doch wenn man Worte wie* Wenn Sie nicht finden, was Sie suchen, so wenden Sie sich an die Auskunft *an den Wänden liest, so weiß man, daß alles* in Ordnung *ist.*

Und er dachte auch: *Dies sind die falschen Gedanken für einen vernünftig und wissenschaftlich denkenden Wicht.*

Neben der Tür des Verwalterbüros gab es eine Spalte zwischen zwei Dielen. Dorcas kletterte ins vertraute Zwielicht unter dem Boden und tastete umher, bis er den Schalter fand.

Er war stolz auf diese Idee. An der Außenwand des Büros hing eine große rote Klingel — wahrscheinlich sollte sie Menschen auf das Läuten des Telefons hinweisen, wenn es im Steinbruch laut zuging. Dorcas hatte sie mit neuen Drähten verbunden und konnte sie jetzt ganz nach Belieben klingeln lassen.

Er betätigte den Schalter.

Wichte eilten aus allen Richtungen herbei. Dorcas wartete, während sich die Kammer unter den Bodendielen allmählich füllte. Schließlich zog er eine leere Streichholzschachtel heran und stellte sich darauf.

»Der Mensch ist noch einmal zum Tor gefahren«, informierte er seine Zuhörer. »Er konnte es nicht öffnen, aber bestimmt versucht er es wieder.«

»Und der Draht?« fragte jemand.

»Leider gibt es Werkzeuge, die man ›Drahtscheren‹ nennt.«

»Soviel zu deiner Theorie von der, ähm, menschlichen Intelligenz«, kommentierte Nisodemus verdrießlich. »Ein *intelligenter* Mensch hielte sich von einem Ort fern, an dem er, ähm, nicht erwünscht ist.«

Dorcas mochte eifrige junge Wichte, aber Nisodemus strahlte einen seltsam *begierigen* Eifer aus, der ihm nicht gefiel. Er musterte ihn mit einem scharfen, aber nicht *zu* herausfordernden Blick.

»Die hiesigen Menschen unterscheiden sich vielleicht von denen im Kaufhaus«, knurrte er. »Wie dem auch ...«

»Anordnung hat ihn geschickt!« rief Nisodemus. »Es ist eine, ähm, Strafe!«

»Nein, es ist nur ein Mensch«, widersprach Dorcas. Nisodemus starrte ihn an, als er fortfuhr: »Nun, ich schlage vor, wir schicken einige Frauen und Kinder zur ...«

Draußen erklang das Geräusch eiliger Schritte, und kurz darauf kletterten die beiden Torwächter durch den Spalt.

»Er ist zurück, zurück!« keuchte Sacco. »Der Mensch ist zurück!«

»Schon gut, schon gut«, entgegnete Dorcas. »Seid unbesorgt. Er kann nicht ...«

»Nein, nein, nein!« Sacco sprang auf und ab. »Er hat eine Schere mitgebracht, damit alle Drähte *und* die Kette am Tor durchgeschnitten ...«

Den Rest hörten die Wichte nicht.

Es war auch gar nicht nötig.

Dumpfes Motorbrummen vermittelte eine deutliche Botschaft.

Es wurde so laut, daß die ganze Hütte zitterte, doch

dann verstummte es jäh und hinterließ eine scheußliche Stille, die schlimmer war als der vorherige Lärm. Eine Blechtür fiel zu; einige Sekunden später quietschte und knarrte die Tür des Schuppens.

Die schweren, donnernden Schritte eines Menschen. Dicke Bodendielen wölbten sich nach unten, und Staub rieselte herab.

Die Wichte standen wie erstarrt. Nur ihre Augen bewegten sich, synchron mit den Schritten, folgten ihnen von einer Seite zur anderen, als der Mensch oben durchs Zimmer stapfte. Ein Säugling wimmerte leise.

Etwas klickte, und eine tiefe menschliche Stimme ertönte, verursachte völlig unverständliche Geräusche. Die Nomen lauschten.

Nach einer Weile klickte es noch einmal, und die schweren Schritte verließen das Büro. Draußen knirschten sie über Sand und kleine Steine hinweg, begleitet von einem häßlich klingenden metallenen Klirren.

»Mama«, sagte ein kleiner Wicht. »Ich muß auf die Toilette, Mama ...«

»Pscht!«

»Ich muß *wirklich*, Mama!«

»Sei still!«

Kein Nom rührte sich von der Stelle, während draußen das Klirren und Knirschen andauerte. Mit einer Ausnahme: Ein kleiner Wicht trat von einem Fuß auf den anderen, und sein Gesicht lief rot an.

Endlich hörten das Klappern und Rasseln auf. Die Tür des Lasters öffnete und schloß sich; der Motor sprang an, und sein Brummen wurde rasch leiser.

»Ich glaube, jetzt können wir uns entspannen«, sagte Dorcas leise.

Hunderte von Nomen ließen den angehaltenen Atem entweichen und seufzten erleichtert.

»Mama!«

»Ja, in Ordnung, geh nur.«

Und nach dem erleichterten Seufzen ... Lautes Stimmengewirr. Einem Wicht gelang es, alle anderen zu übertönen.

»Im Kaufhaus geschah so etwas nie!« rief Nisodemus. Er stand nun auf einem halben Ziegelstein. »Ich frage euch, Nomen: Sind wir deshalb, ähm, hierhergekommen?«

Ein Chor aus ›Nein!‹ und ›Ja?‹ ertönte, und Nisodemus fuhr fort: »Vor einem Jahr waren wir im Kaufhaus, in Sicherheit. Erinnert ihr euch an Weihnachten? Erinnert ihr euch an den Speisesaal? Erinnert ihr euch an den Geschmack von, äh, Roastbeef und Puter?«

Einige verlegene Hurrarufe folgten diesen Worten. Nisodemus sah sich triumphierend um. »Und jetzt sind wir hier, und es ist die gleiche Jahreszeit. Nun, *sie* behaupten, es sei die gleiche Jahreszeit«, sagte er sarkastisch. »Und was essen wir? Knollige Dinge, die in der Erde wachsen, im *Schmutz!* Ähm. Und das Fleisch ist überhaupt kein richtiges Fleisch, sondern stammt von zerschnittenen, toten Tieren! Wollt ihr, daß sich eure, ähm, Kinder an so etwas gewöhnen? Sollen sie ihre Nahrung ausgraben? Und *jetzt* heißt es, daß wir vielleicht in eine Scheune umziehen müssen, in der es gar keine Bodendielen gibt, unter denen wir wohnen können — so wie es dem Willen von Arnold Bros (gegr. 1905) entspricht. Und vielleicht ist das noch nicht alles. Vielleicht verlangt man bald von uns, irgendwo auf dem Feld in Löcher zu kriechen. Ähm. Und wißt ihr, was das Schlimmste von allem ist? Ich sag's euch.« Er deutete zu Dorcas. »Jene Leute, von denen wir hier Anweisungen entgegennehmen ... Es sind die gleichen Leute, denen wir, ähm, unsere derzeitigen Probleme verdanken!«

»Moment mal ...«, begann Dorcas.

»Ihr alle wißt, daß ich recht habe!« rief Nisodemus. »Denkt darüber nach, Wichte! Warum, bei Arnold Bros (gegr. 1905), mußten wir das Kaufhaus überhaupt verlassen?«

Hier und dort erklang vereinzelter Beifall. Andere Nomen nutzten die kurze Pause, um sich zu streiten.

»Was für ein Blödsinn«, sagte Dorcas. »Das Kaufhaus sollte abgerissen werden.«

»Das wissen wir nicht!« erwiderte Nisodemus.

»Natürlich wissen wir's!« donnerte Dorcas. »Masklin und Gurder haben es gelesen ...«

»Und wo sind sie jetzt, hm?«

»Nun, sie ... Äh, sie sind fort, um ...« *Warum ich?* dachte Dorcas, als er vergeblich nach den richtigen Worten suchte. Drähte, Schrauben und so weiter — damit konnte er gut umgehen. Außerdem: Man brauchte nicht zu befürchten, von Drähten und Schrauben angeschrien zu werden.

»Ja, genau, sie sind fort!« Nisodemus senkte die Stimme zu einem zornigen Zischen. »Denkt darüber nach, Wichte! Benutzt euer, ähm, Gehirn! Im Kaufhaus hatte alles seine Ordnung, und die Dinge funktionierten so, wie es Arnold Bros (gegr. 1905) wollte. Doch man brachte uns hierher zum Steinbruch. Erinnert ihr euch daran, wie sehr ihr Draußenler verachtet habt? Nun, jetzt sind *wir* die Draußenler! Ähm. Erneut sucht uns Panik heim, und das wird sich ständig wiederholen — bis wir uns bessern, bis uns die Gnade von Arnold Bros (gegr. 1905) erlaubt, als klügere, geläuterte Wichte ins Kaufhaus zurückzukehren!«

»Laß uns eins klarstellen«, sagte jemand. »Willst du andeuten, daß der Abt *gelogen* hat?«

»So etwas liegt mir fern.« Nisodemus schniefte. »Ich nenne nur die Fakten. Ähm. Mehr nicht.«

»Aber, aber, aber der Abt ist aufgebrochen, um Hilfe zu holen«, warf eine Nomin unsicher ein. »Und das Kaufhaus wurde *bestimmt* abgerissen. Ich meine, andernfalls hätten wir doch nicht so viele Mühen auf uns genommen, oder? Äh.« Verzweiflung leuchtete in den Augen der jungen Frau.

»Ich weiß nur eins«, sagte der Wicht neben ihr.

»Ganz gleich, was die anderen meinen: Ich halte nichts davon, in die Scheune umzuziehen. Dort gibt's keine Elektrizität.«

»Ja, und sie ist mitten in, äh, umgeben von ...«, begann ein anderer Nom. Er unterbrach sich kurz und flüsterte:

»Ihr wißt schon. Dinge. Davon spreche ich. Von Dingen.«

»Genau«, bestätigte ein älterer Wicht. »*Dinge.* Hab sie gesehen. Vor ein oder zwei Monaten bin ich mit meinem Sohn Brombeeren pflücken gegangen, oben am Hang. Und da hab ich sie gesehen.«

»Es macht mir nichts aus, sie aus der Ferne zu betrachten«, sagte die besorgte Nomin. »Aber mir schaudert bei der Vorstellung, davon *umgeben* zu sein.«

Sie bringen es nicht einmal fertig, die Worte weite Felder *zu formulieren,* dachte Dorcas. *Oh, ich weiß, wie sie sich fühlen.*

»Hier haben wir's recht bequem, das muß ich zugeben«, sagte der erste Wicht. »Doch die Sachen dort draußen ... Wie nennt man sie? Beginnt mit einem N ...«

»Natur?« fragte Dorcas und ächzte innerlich. Nisodemus grinste wie ein Irrer, und seine Pupillen schienen in Flammen zu stehen.

»Ja, das meine ich.« Der Nom nickte. »Nun, es ist einfach nicht natürlich. Und es gibt zuviel davon. Eine richtige Welt sollte ganz anders beschaffen sein. Zum Beispiel der Boden. Man kann ihn wohl kaum als flach und weich bezeichnen, oder? Wände fehlen. Und die kleinen glitzernden Punkte, die des Nachts am Himmel erscheinen ... Ihr Licht genügt nicht; es bleibt trotzdem dunkel. Und die Menschen kommen und gehen, wie's ihnen paßt, und es gibt keine Vorschriften wie im Kaufhaus.«

»Deshalb hat Arnold Bros das Kaufhaus 1905 gegründet«, erklärte Nisodemus. »Damit man seinen Geboten gehorcht. Ähm. Damit den Wichten keine Gefahr droht.«

Dorcas griff behutsam nach Saccos Ohr und zog den jungen Nom zu sich heran.

»Weißt du, wo sich Grimma aufhält?« raunte er.

»Ist sie nicht hier?«

»Da bin ich ziemlich sicher«, erwiderte Dorcas. »Sie hätte wohl kaum darauf verzichtet, einige eindrucksvolle Diskussionsbeiträge zu leisten. Vielleicht blieb sie bei den Kindern in der Schule, als ich die Klingel läuten ließ. Schade.«

Nisodemus plant irgend etwas, überlegte er. *Ich weiß nicht, was er plant, aber vermutlich stehen uns einige unangenehme Überraschungen bevor.*

Der Tag wurde nicht besser, sondern schlimmer. Es begann zu regnen, aber es war eine sonderbare Art von Regen, kalt und abscheulich. Oma Morkie nannte ihn ›Graupel‹. Irgendwie matschig, weder Wasser noch Eis. Regen mit Knochen drin.

Und er drang bis zu Stellen vor, die für normalen Regen unerreichbar blieben. Dorcas wies einige jüngere Wichte an, Entwässerungsgräben auszuheben, und verband mehrere große Glühbirnen mit den elektrischen Drähten — sie spendeten nicht nur Licht, sondern auch Wärme. Die älteren Nomen hockten in ihrer Nähe, niesten und grummelten.

Oma Morkie versuchte immer wieder, sie aufzumuntern, und schon nach kurzer Zeit wünschte sich Dorcas nichts sehnlicher als ihr Schweigen.

»Das ist gar nichts«, sagte die alte Nomin. »Ich erinnere mich an die Große Flut. Dadurch stürzte unsere Höhle ein. *Tage*lang froren wir in nasser Kälte!« Oma kicherte — es klang wie ein Gackern —, neigte den Oberkörper vor und zurück. »Wie ertrunkene Ratten waren wir, jawohl! Trugen keinen trockenen Faden am Leib. Eine Woche ohne Feuer. Tja, damals hatten wir nichts zu lachen!«

Die Kaufhaus-Wichte starrten sie an und zitterten.

»Und habt keine Angst davor, auf den weiten Feldern unterwegs zu sein«, fuhr Oma Morkie im Plauderton fort. »In neun von zehn Fällen wird man dabei nicht gefressen.«

»Meine Güte«, stöhnte eine Nomin.

»Ich kenne mich aus. Habe mindestens hundertmal weite Felder überquert. Ein Kinderspiel, wenn man dabei in der Nähe von Hecken bleibt und gut aufpaßt. Es geschieht nur selten, daß man vor irgend etwas weglaufen muß.«

Die allgemeine Stimmung verbesserte sich nicht, als die Wichte feststellten, daß der Land Rover genau dort geparkt hatte, wo der nächste Anpflanzungsversuch stattfinden sollte. Während des Sommers waren Dutzende von Nomen damit beschäftigt gewesen, den harten Boden mit Hacken zu bearbeiten und ihn in etwas zu verwandeln, das einer Ackerkrume ähnelte. Sie hatten sogar gesät — ohne daß etwas aus den Samen wuchs. Jetzt zeigten sich zwei tiefe, von Reifen stammende Furchen im Boden, und am Tor hing eine neue Kette mit einem neuen Vorhängeschloß.

Die beiden Furchen füllten sich mit Graupeln. Herabgetropftes Öl bildete schimmernde Lachen.

Und Nisodemus ... Ständig erinnerte er alle daran, daß es im Kaufhaus viel besser gewesen war. Er brauchte nicht viel Überzeugungskraft, um seine Anhängerschaft zu vergrößern.

Er hat recht, dachte Dorcas. *Im Kaufhaus ist es tatsächlich besser gewesen. Sogar* viel *besser.*

Ich meine, hier haben wir es einigermaßen warm, und es gibt genug zu essen, obgleich die Zubereitungsmöglichkeiten von Kaninchenfleisch und Kartoffeln gewissen Beschränkungen unterliegen. Das Problem ist: Masklin glaubte, außerhalb des Kaufhauses würden wir graben und bauen und jagen, voller Stolz, Hoffnung und Zuversicht. Nun, einige der jüngeren Leute haben sich dem neuen Leben gut angepaßt. Aber wir Alten sind in unseren Angewohnheiten festgefahren. Was mich betrifft ... Ich bastele an Dingen herum und kann mich nützlich machen, doch die anderen ... Ihnen bleibt nur das Schimpfen, und darin sind sie inzwischen ziemlich gut.

Ich frage mich, was Nisodemus beabsichtigt. Der Bursche gefällt mir immer weniger.

Ich hoffe, Masklin kehrt bald zurück.

Oder Gurder. Jetzt würde ich mich sogar über ihn *freuen.*

Seit drei Tagen sind sie fort.

Dorcas fühlte sich sehr niedergeschlagen, und dagegen gab es nur ein Mittel: Jekub.

❖ 6 ❖

I. Denn im Hügel schlief ein Drache aus jener Zeit, als die Welt erschaffen wurde.
II. Doch er war alt und defekt, dem Tode näher als dem Leben.
III. Und er trug das Zeichen des Drachen.
IV. Und das Zeichen war Jekub.

Aus dem *Buch der Nomen*, Jekub, Kapitel 1, Verse I–IV

Jekub.

Jekub gehörte Dorcas. Er war sein kleines Geheimnis. Besser gesagt: sein *großes*. Niemand wußte von Jekub, nicht einmal seine Assistenten.

Eines Tages im Sommer hatte Dorcas in den großen, windschiefen Schuppen auf der anderen Seite des Steinbruchs herumgestöbert. Er suchte dabei nicht nach bestimmten Dingen, hoffte nur, geeignete Drähte oder etwas in der Art zu finden.

Er kramte im Halbdunkel, richtete sich auf, hob den Kopf — *und sah Jekub.*

Mit geöffnetem Rachen.

Es folgten einige Sekunden des Entsetzens — bis Dorcas begriff, daß ihn eine sichere Entfernung von dem Ungetüm trennte.

Anschließend verbrachte er viel Zeit bei Jekub, um mehr über ihn herauszufinden. Über *ihn.* Es handelte sich zweifellos um einen Er. Um einen Er, der auf den ersten Blick schrecklich wirkte und doch Mitleid verdiente: Jekub war alt und verwundet, wie ein Drache, der sich hierher zurückgezogen hatte, um zu sterben. Oder wie eins der riesigen Tiere aus Grimmas Büchern: Dino-sauer.

Jekub schimpfte nicht, und er fragte Dorcas nie, wann er *endlich* das Radio erfinden würde. In seiner Gesellschaft genoß der Ingenieur viele geruhsame, friedliche Stunden. Er fand immer mehr Gefallen daran, mit Jekub zu sprechen, beziehungsweise *zu* ihm. Es gab keinen besseren Gesprächspartner, denn er schwieg die ganze Zeit über, lauschte mit unerschütterlicher Geduld.

Dorcas schüttelte kummervoll den Kopf. Er durfte jetzt keine Zeit damit verschwenden, Jekub zu besuchen. Unheil bahnte sich an.

Er beschloß statt dessen, mit Grimma zu reden. Sie war nur eine Frau, aber es mangelte ihr nicht an Vernunft.

Die ›Schule‹ befand sich unter dem Boden der Hütte, an deren Tür ›Kantine‹ stand — ein Reich, in dem allein Grimma herrschte. Sie hatte den Unterricht für Kinder erfunden und vertrat folgenden Standpunkt: Es war recht schwer, schreiben und lesen zu lernen, und deshalb sollte man es so früh wie möglich hinter sich bringen.

Zur Schule gehörte auch die Bibliothek.

Während der letzten hektischen Stunden hatten die Wichte etwa dreißig Bücher aus dem Kaufhaus gerettet, und einige von ihnen boten nützliche Informationen. Der Band mit dem Titel *Gartenarbeit in allen vier Jahreszeiten* wies unübersehbare Spuren häufiger Benutzung auf, und das *Kompendium für den Amateurtechniker* kannte Dorcas fast auswendig. Doch einige der übrigen Bücher waren eher schwer zu verstehen und wurden nur selten geöffnet.

Grimma stand vor einem solchen Buch, als Dorcas

hereinkam. Sie biß sich auf den Daumen, wie so häufig, wenn irgend etwas ihre Konzentration erforderte.

Dorcas bewunderte die Art, in der sie las. Grimma war nicht nur die beste Leserin unter den Wichten; sie schien auch den Sinn von geschriebenen Worten zu verstehen.

»Nisodemus schafft Unruhe«, sagte der Ingenieur und nahm auf einer Bank Platz.

»Ich weiß«, erwiderte Grimma geistesabwesend. »Ich habe davon gehört.« Mit beiden Händen griff sie nach dem Rand einer Seite und blätterte mühsam um.

»Ich weiß gar nicht, was er mit dem ganzen Unsinn bezweckt«, brummte Dorcas.

»Er strebt nach Macht«, entgegnete Grimma. »Bei uns ist ein Machtvakuum entstanden.«

»Glaubst du?« fragte Dorcas unsicher. »Nun, Vakuum bedeutet ›Leere‹. Leere, die nichts als Leere enthält. So heißt es jedenfalls. Bisher ist mir hier nirgends leere Leere aufgefallen. Abgesehen von manchen leeren Köpfen.«

»Nein, das meine ich nicht«, sagte Grimma. »Ein Machtvakuum entsteht, wenn es keinen Anführer gibt. Ich habe davon gelesen.«

»Hast du vergessen, daß *ich* jetzt der Anführer bin?« klagte Dorcas.

»Du bist kein Anführer«, stellte Grimma fest. »Weil niemand auf dich hört.«

»Oh, herzlichen Dank.«

»Es ist nicht deine Schuld. Leute wie Masklin, Angalo und Gurder bringen die anderen Wichte irgendwie dazu, daß sie ihnen zuhören, aber dir schenkt man praktisch keine Aufmerksamkeit.«

»Oh.«

»Dafür gelingt es dir, Drähte und Schrauben deinem Willen zu unterwerfen. Dazu ist sonst kaum jemand imstande.«

Dorcas dachte darüber nach. Auf diese Weise hätte er

es nicht ausgedrückt. War es ein Kompliment? Das schien tatsächlich der Fall zu sein.

Grimma fügte hinzu: »Wenn Nomen mit vielen Problemen konfrontiert sind und nicht wissen, was sie unternehmen sollen — dann gibt es immer jemanden, der ihre Besorgnis ausnutzt, um Macht zu erringen.«

»Nun, spielt eigentlich keine Rolle«, sagte Dorcas, und ein großer Teil seiner Zuversicht basierte auf reinem Wunschdenken. »Masklin und seine beiden Begleiter regeln alles, wenn sie zurückkehren.«

»Ja, sie …« Grimma unterbrach sich, und nach einigen Sekunden fiel dem Ingenieur auf, daß ihre Schultern bebten.

»Stimmt was nicht?« erkundigte er sich.

»Inzwischen sind mehr als drei Tage vergangen!« schluchzte die junge Nomin. »*Niemand* war jemals so lange fort! Irgend etwas muß ihnen wohl zugestoßen sein!«

»Äh«, sagte Dorcas. »Nun, sie wollten nach Enkel, 39, suchen, und wir wissen nicht, ob …«

»Und ich bin so garstig zu ihm gewesen, bevor er aufbrach! Ich habe ihm von den Fröschen erzählt, und er dachte nur an Socken!«

Es verblüffte Dorcas, daß plötzlich von Fröschen die Rede war. Wenn er mit — beziehungsweise zu — Jekub sprach, ging es nie um Frösche.

»Äh?« sagte er.

Grimma schluchzte erneut und erzählte ihm von den Fröschen.

»Ich bin sicher, er verstand überhaupt nicht, was ich damit meinte. Ebensowenig wie du.«

»Oh, ich weiß nicht.« Dorcas überlegte kurz. »Was *mich* betrifft … Vielleicht hast du folgendes gemeint. Einst war die Welt ganz einfach und übersichtlich, doch ganz plötzlich enthält sie so viele erstaunliche Dinge, daß man immer wieder überrascht wird. Zum Beispiel Biologie. Oder Klimatologie. Ich meine, bevor ihr Draußenler ins Kaufhaus gekommen seid, habe ich nur an Dingen herumgebastelt. Ich hatte gar keine Ahnung von der Welt.«

Er blickte auf seine Füße hinab. »Ich weiß noch immer recht wenig. Aber wenigstens bezieht sich meine Unwissenheit auf wichtige Dinge: auf die Sonne, die Ursache des Regens und so weiter. *Das* hast du gemeint.«

Grimma schniefte und lächelte, aber nur zaghaft, und zwar aus gutem Grund. Wenn es etwas Schlimmeres gab als jemanden, der nicht verstand, so war es jemand, der alles verstand, bevor man Gelegenheit bekam, als Unverstandene(r) hingebungsvoll zu schmollen.

»Die Sache ist *die* ...«, sagte sie. »Masklin hält mich noch immer für jene Grimma, die er kannte, als wir in der alten Höhle lebten. Bevor wir ins Kaufhaus kamen. Damals, als wir gemeinsam unterwegs waren, gemeinsam kochten — falls es etwas zu kochen gab —, anderen Wichten Verbände anlegten, wenn sie sich ver.... verl ... verle ...«

»Na, na, immer mit der Ruhe«, sagte Dorcas. Er geriet in Verlegenheit, wenn Nomen ein derartiges Verhalten offenbarten. Bei Maschinen war alles einfacher: Wenn sie nicht richtig funktionieren, holte man die Ölkanne oder schlug mit dem Hammer auf sie ein. Bei Wichten führte eine derartige Behandlung nie zum gewünschten Ergebnis.

»Angenommen, Masklin kehrt nicht zurück?« Grimma wischte sich Tränen aus den Augen.

»Natürlich kehrt er zurück«, versicherte ihr Dorcas. »Was könnte ihm schon zugestoßen sein?«

»Vielleicht ist er gefressen, überfahren, zertrampelt oder fortgeweht worden«, antwortete Grimma. »Es wäre auch möglich, daß er in ein tiefes Loch gefallen ist und nicht mehr herausklettern kann, weil er sich etwas gebrochen hat.«

»Äh, ja«, erwiderte Dorcas, »abgesehen davon, meine ich.«

»Aber ich werde mich trotzdem zusammenreißen«, verkündete Grimma und schob das Kinn vor. »Wenn er doch zurückkehrt, soll er nicht sagen: ›Oh, kaum bin ich ein paar Tage weg, und schon bricht hier das Chaos aus.‹«

»Ausgezeichnet«, lobte Dorcas. »Das ist die richtige Einstellung. Man muß immer beschäftigt bleiben, so lautet meine Devise. Wie heißt das Buch?«

»Schatzkästlein der Sprichwörter und Zitate.«

»Oh, steht was Nützliches drin?«

»Kommt darauf an«, sagte Grimma unbestimmt.

»Ah. Was sind Sprichwörter?«

»Ich bin mir nicht ganz sicher. Einige von ihnen ergeben keinen Sinn. Wußtest du, daß die Menschen glauben, die Welt sei von einer Art großem Menschen erschaffen worden?«

»Ach?«

»In einer Woche.«

»Dann hat ihm wahrscheinlich jemand geholfen«, sagte Dorcas. »Bei den besonders schweren Dingen.« Er dachte an Jekub. *In einer Woche kann man eine Menge schaffen, wenn jemand wie Jekub hilft.*

»Nein. Ganz allein.«

»Hm.« Dorcas dachte darüber nach. Einige Teile der Welt wirkten recht primitiv, und Dinge wie Gras schienen nicht sehr schwer zu sein. Andererseits: Er hatte gehört, daß sich bei vielen Pflanzen am Ende eines jeden Jahres Pannen einstellten; bis zum nächsten Frühling mußten sie repariert werden, und ... »Ich weiß nicht. Nur Menschen können an so etwas glauben. Meiner Ansicht nach dauert die Erschaffung einer Welt mindestens einige Monate.«

Grimma blätterte erneut um. »Masklin glaubte — ich meine, Masklin *glaubt* —, daß Menschen viel intelligenter sind, als es den Anschein hat.« Nachdenklich blickte sie ins Nichts. »Ich wünschte, wir könnten mehr über sie herausfinden, um …«

Zum zweiten Mal an diesem Tag ertönte die Alarmklingel.

Diesmal gehörte die Hand am Schalter Nisodemus.

❖ 7 ❖

II. Und Nisodemus sprach: Verraten hat man euch, Wichte aus dem Kaufhaus.

III. Mit Lügen führte man euch in dieses Draußen, wo es Regen, Kälte, Graupel, Menschen und Anordnung gibt. Und es kommt noch schlimmer.

IV. Aus dem Graupel wird Schnee, und wir müssen hungern.

V. Rotkehlchen werden fliegen.

VI. Ähm.

VII. Und jene, die uns hierherbrachten – wo sind sie nun?

VIII. Sie sprachen: Wir brechen auf, um Enkel, 39, zu suchen, aber wir sehen nur Sorgen, wohin wir auch blikken, und niemand hilft uns. Den Launen des Winters hat man euch überlassen.

IX. Es wird Zeit, daß wir uns vom Draußen abwenden …

Aus dem *Buch der Nomen*, Klagen, Verse II–IX

»Ja, nun, äh, damit sind gewisse Schwierigkeiten verbunden, nicht wahr?« fragte ein verwirrter Wicht. »Ich meine, wie sollen wir uns vom Draußen abwenden, obwohl wir im Draußen *sind?*«

»Ich habe einen *Plan*«, sagte Nisodemus.

»Oh«, antworteten die Nomen wie aus einem Mund. An Plänen gab es nichts auszusetzen. Pläne waren immer nützlich. Insbesondere dann, wenn es sich um *gute* Pläne handelte.

Grimma und Dorcas gehörten zu den letzten Wichten, die durch den Spalt nach unten kletterten. Der alte Ingenieur wollte sich einen Weg durch die Menge bahnen, doch Grimma hielt ihn zurück.

»Sieh nur die anderen dort vorn«, flüsterte Grimma.

Es standen ziemlich viele Wichte hinter Nisodemus. Die meisten von ihnen erkannte Dorcas als Büromaterialer, aber es gehörten auch Nomen aus den übrigen großen Abteilungsfamilien zu ihnen. Sie beobachteten nicht etwa Nisodemus, als er sprach, sondern seine Zuhörer. Ihre Blickte huschten ständig hin und her, als suchten sie nach etwas.

»Das gefällt mir nicht«, sagte Grimma leise. »Die großen Familien kamen mit den Büromaterialern nie sehr gut zurecht. Was haben sie jetzt vor?«

»Arrogante, eingebildete Burschen«, murmelte Dorcas. »Wissen alles besser.«

Einige Büromaterialer hielten nichts davon, daß ganz gewöhnliche Wichte lesen lernten. Dadurch kämen sie auf Ideen, hieß es. Was es zu vermeiden galt, wenn es nicht die richtigen Ideen waren, vermutete der Ingenieur. Und die großen Abteilungsfamilien ... Mehrere von ihnen sahen es nicht gern, daß Nomen überall hingehen konnten, ohne vorher um Erlaubnis fragen zu müssen.

Sie sind alle da, dachte Dorcas. *Jene Wichte, denen es nach der Langen Fahrt nicht so gut ging. Weil sie ihren Einfluß verloren haben.*

Nisodemus erläuterte seinen Plan.

Der alte Ingenieur hörte zu, und die Kinnlade klappte ihm langsam nach unten.

Eigentlich war es ein hervorragender Plan. Wie eine Maschine, die aus perfekten Einzelteilen bestand, jedoch von einem einhändigen Nom im Dunkeln zusammengesetzt wurde. Er steckte voller guter Ideen, gegen die man keine Einwände erheben konnte, aber sie waren auf den Kopf gestellt. Trotzdem gab es kaum eine Möglichkeit, ihnen zu widersprechen, denn die Ideen *erschienen* zumindest sinnvoll ...

Nisodemus wollte das alte Kaufhaus wiedererschaffen.

Hunderte von Wichten lauschten mit einer Mischung aus Entsetzen und Bewunderung, als die Büromaterialer erklärten: Ja, Abt Gurder hatte recht, als er darauf hinwies, Arnold Bros (gegr. 1905) sei ihnen hierher gefolgt, und zwar *in ihren Köpfen.* Wenn sie ihm zeigten, daß ihnen das Kaufhaus nicht gleichgültig war, würde er erscheinen, alle Probleme lösen und den Nomen hier ein Kaufhaus geben, in dieser häßlichen, grünen Welt.

Auf diese Weise erreichte die Botschaft Dorcas' Gehirn. Er wußte schon seit Jahren: Wenn man die ganze Zeit über genau darauf achtete, was andere Wichte *sagten* — dann bekam man kaum Gelegenheit herauszufinden, was sie *meinten.*

Nisodemus' Augen glänzten wie zwei schwarze Murmeln, als er betonte, es sei keineswegs nötig, ein Kaufhaus zu *bauen.* Er schlug vor, den Steinbruch zu verändern, wieder in richtigen Abteilungen zu leben und nicht dort, wo es den einzelnen Nomen gefiel. Laßt uns Schilder aufstellen, meinte er. Laßt uns auf den rechten Pfad zurückkehren. Sorgen wir dafür, daß sich Arnold Bros (gegr. 1905) hier zu Hause fühlt. Wir errichten das Kaufhaus *in unseren Köpfen.*

Es passierte nur selten, daß Wichte überschnappten.

Dorcas erinnerte sich vage an einen älteren Nom, der einmal geglaubt hatte, eine Teekanne zu sein; doch nach einigen Tagen war er wieder zur Vernunft gekommen.

Nisodemus hingegen hatte ganz offensichtlich zuviel frische Luft geatmet.

Einige andere Wichte schienen der gleichen Meinung zu sein.

»Ich bezweifle, ob Arnold Bros (gegr. 1905) in der Lage ist, die Menschen aufzuhalten«, sagte einer von ihnen. »Nichts für ungut.«

»Haben sich Menschen in unsere Angelegenheiten eingemischt, als wir noch im Kaufhaus lebten?« fragte Nisodemus.

»Äh, nein, aber ...«

»Wir müssen daher Arnold Bros (gegr. 1905) vertrauen!«

»Er hat den Abriß des Kaufhauses nicht verhindert, oder?« erklang eine andere Stimme. »Ihr alle habt Masklin, Gurder und dem Lastwagen vertraut. Und euch selbst! Nisodemus redet dauernd davon, wie klug ihr seid. Beweist ihm eure Klugheit!«

Diese Worte stammten von Grimma. Dorcas musterte sie erstaunt — er hatte die junge Nomin noch nie zuvor so zornig gesehen.

Entschlossen marschierte sie durch die besorgte Menge, bis sie Nisodemus direkt gegenüberstand, von Angesicht zu Angesicht. Besser gesagt: von Angesicht zu Brust — immerhin stand Nisodemus auf etwas. Er mochte es sehr, auf irgendwelchen Dingen zu stehen und sich dadurch größer zu fühlen.

»Was wird *geschehen,* hm?« rief sie. »Wenn du das Kaufhaus gebaut hast — was wird dann *geschehen?* Menschen kamen ins Kaufhaus, nicht wahr?«

Nisodemus' Mund öffnete und schloß sich mehrmals. »Sie haben sich an die Vorschriften gehalten!« erwiderte er schließlich. »Ja! Ähm! Sie *gehorchten* den Vorschriften! Und damals war alles besser!«

Grimma starrte ihn wütend an.

»Und einen derartigen Unsinn sollen wir dir glauben?« fragte sie.

Stille.

»Du mußt zugeben, daß damals *wirklich* alles besser war«, sagte ein alter Wicht langsam.

Die übrigen Nomen scharrten mit den Füßen.

Mehr konnte man nicht hören.

Nur Leute, die mit den Füßen scharrten.

»Sie haben sich damit abgefunden!« stieß Grimma hervor. »Einfach so! Niemand verschwendet einen Gedanken an den Rat! Alle Wichte hören nur noch auf Nisodemus und lassen sich von ihm Anweisungen erteilen!«

Sie befanden sich nun in Dorcas' Werkstatt unter einer Bank in der alten Garage des Steinbruchs. *Meine kleine Zuflucht,* dachte der Ingenieur. *Meine kleine Ecke.* Überall lagen Drähte und Blechteile. Krakelige Zeichen schmückten die Wand, geschrieben mit Bleistiftgraphit.

Dorcas setzte sich nieder und befingerte ein Stück Draht.

»Du solltest nicht so streng sein mit den Leuten«, sagte er leise. »Du solltest sie nicht so anschreien. Sie haben viel hinter sich. Du verwirrst sie nur, wenn du sie anschreist. Mit dem Rat war alles in bester Ordnung, solange es hier keine größeren Probleme gab ...« Er zuckte mit den Schultern. »Und ohne Masklin, Gurder und Angalo ... Nun, es scheint kaum der Mühe wert zu sein.«

»Aber nach allem, was geschehen ist!« Grimma ruderte mit den Armen. »Soviel *Dummheit!* Und nur weil Nisodemus ...«

»Trost anbot«, beendete Dorcas den Satz. Er schüttelte den Kopf. Solche Dinge konnte man Leuten wie Grimma nicht erklären. Ein nettes Mädchen, gescheit obendrein — aber sie ging immer davon aus, daß alle anderen ebenso gründlich über Dinge nachdachten wie sie selbst. *Eigentlich sehnen sich die Wichte nur nach Ruhe,* überlegte Dorcas. *Die Welt ist auch so schon schwierig genug — ohne Leute, die ständig versuchen, sie zu verbessern.*

Masklin hatte das gut verstanden. Er sorgte dafür,

daß die Nomen seine Ideen für ihre eigenen hielten, und dann reagierten sie genau so, wie er es wollte. Wenn es etwas gab, das ein Wicht nicht ausstehen konnte, so waren es Bemerkungen wie: »Dies ist eine sehr vernünftige Idee. Warum bist du zu *dumm,* um das zu verstehen?«

Nomen sind nicht dumm, dachte Dorcas. *Nomen sind einfach nur Nomen.*

»Komm«, sagte er, »sehen wir dabei zu, wie die Schilder angefertigt werden.«

Einer der größeren Schuppen war in eine Art Atelier verwandelt worden, um Schilder zu malen. Beziehungsweise *die Schilder.* Nisodemus verstand es ausgezeichnet, bestimmten Worten besondere Bedeutung zu verleihen: Man konnte praktisch hören, wie er in kursiv sprach.

Tief in seinem Innern hielt Dorcas die Schilder für eine ganz gute Idee, und deshalb hatte er Gewissensbisse.

Er erinnerte sich ... Nisodemus hatte ihn zu sich gerufen, um zu fragen, ob es im Steinbruch — der jetzt Neues Kaufhaus hieß — Farbe gab.

»Nun, unter einer der Bänke stehen alte Dosen«, erwiderte der Ingenieur. »Praktisch nur Weiß und Rot. Vielleicht gelingt es uns, die Deckel mit Hebeln zu lösen.«

»Gut«, sagte der Büromaterialer. »Mach dich sofort an die Arbeit. Ähm. Es ist sehr wichtig. Wir brauchen *Schilder.*«

»Schilder, in Ordnung. Um alles ein wenig aufzuheitern, nicht wahr?«

»Nein!«

»Entschuldige, tut mir leid. Ich dachte nur ...«

»Schilder fürs Tor!«

Dorcas kratzte sich nachdenklich am Kinn. »Fürs Tor?« fragte er.

»Menschen gehorchen Schildern«, sagte Nisodemus

etwas ruhiger. »Das wissen wir genau. Sie haben den Schildern im Kaufhaus gehorcht, oder?«

»Den meisten«, entgegnete Dorcas. *Hunde und Sportwagen müssen getragen werden* — dieser Hinweis war ihm immer ein Rätsel geblieben. Viele Menschen trugen weder das eine noch das andere.

»Schilder fordern Menschen zu etwas auf«, proklamierte Nisodemus. »Oder verbieten ihnen Dinge. An die Arbeit, fleißiger Dorcas. Schilder. Äh. Schilder, die *Nein* sprechen.«

Der Ingenieur dachte darüber nach, als Dutzende von Wichten schwitzten, während sie versuchten, die Deckel der Farbdosen aufzuhebeln. Sie besaßen noch immer das Buch *Straßenverkehrsordnung* aus dem Lastwagen, und es enthielt viele Schilder. Außerdem entsann er sich an einige im Kaufhaus.

Das Glück half ihnen. Normalerweise blieben die Wichte immer auf dem Boden, aber diesmal hatte Dorcas einige seiner Assistenten zum großen Schreibtisch im Verwalterbüro geschickt, um dort nach Papier zu suchen.

Unterdessen überlegte er, welche Botschaften die Schilder verkünden sollten.

Sacco und Nooty kehrten aufgeregt zurück und brachten ihm die Neuigkeiten.

Sie hatten noch mehr Schilder gefunden: ein großes schmutziges Plakat, das an der Wand hing und viele Schilder zeigte.

»Jede Menge davon«, schnaufte Sacco und schnappte nach Luft. »Und weißt du was? Weißt du was? Ich hab gelesen, was auf dem Plakat geschrieben steht. Dort steht geschrieben: *Gesundheit und Sicherheit bei der Arbeit,* und *Beachten Sie diese Schilder,* und *Sie dienen zu Ihrem Schutz.*«

»Das stand auf dem Plakat geschrieben?« vergewisserte sich Dorcas.

»*Zu Ihrem Schutz*«, wiederholte Sacco.

»Kannst du es von der Wand herunterholen und hierherbringen?«

»Daneben befindet sich ein Kleiderhaken«, antwortete Nooty begeistert. »Wenn wir einen Strick daran befestigen und ihn mit dem Plakat verbinden und es dann zum Fenster zu ziehen und ...«

»Ja, ja, du bist sehr geschickt, wenn's um solche Sachen geht«, unterbrach Dorcas den Wortschwall. Nooty konnte so flink klettern wie ein Eichhörnchen. »Ich schätze, Nisodemus wird zufrieden sein«, fügte er hinzu.

Das war Nisodemus tatsächlich. Seine besondere Zufriedenheit galt dem Hinweis *Zu Ihrem Schutz.* Er zeigte, daß Arnold Bros (gegr. 1905) ihnen sein, ähm, Wohlwollen schenkte.

Alle zur Verfügung stehenden Bretter und rostigen Blechplatten mußten es über sich ergehen lassen, in Schilder verwandelt zu werden. Die Wichte offenbarten einen bemerkenswerten Enthusiasmus bei ihrer Arbeit und fühlten sich nicht mehr ganz so hilflos wie vorher.

Als die Sonne am nächsten Morgen aufging, fiel ihr Licht auf viele Schilder, die — nicht immer gerade — am Tor des Steinbruchs hingen.

Die Nomen waren sehr gründlich gewesen und hatten folgende Worte gewählt: *Zuhtritt ferboten. Dort zum Ausgang. Geffar — Helme forgeschrieben. Achtung, Sprängung. Alle Lastwagen zur Brükkenwaage. Bei Nässe glatt. Geschlossen bis. Lift ausser Betrieb. Steinschlag. Straße überfluhtet.*

Hinzu kam ein weiteres Schild, das Dorcas in einem Buch gefunden hatte. Er war sehr stolz darauf: *Bombe wird entschärft.*

Der Ingenieur ergriff noch eine zusätzliche Maßnahme, ohne Nisodemus Bescheid zu geben. Er öffnete eine der alten Werkzeugkisten in Jekubs Schuppen: Sie enthielt eine Kette, und daran war ein Vorhängeschloß befestigt, fast so groß wie er selbst — um es aus der Kiste zu holen, mußte er einen Flaschenzug benutzen.

Es handelte sich um eine *enorme* Kette, dick und schwer. Einige Wichte beobachteten, wie Dorcas sie über den Boden des Steinbruchs zerrte, dabei jeweils nur ein Kettenglied bewegte. Als die Nomen fragten, woher sie stammte, preßte der Ingenieur nur die Lippen zusammen und schwieg.

Gegen Mittag rollte der Laster zum Tor. Mehrere Wichte warteten in der Hecke am Rand des Weges und sahen, wie der Fahrer ausstieg, zu den Schildern blickte ...

Nein, das war nicht *richtig*. Dazu durften Menschen nicht fähig sein. Eine Halluzination — es gab keine andere Erklärung. Zwanzig Wichte blinzelten, doch das vermeintliche Trugbild verflüchtigte sich nicht.

Der Mensch mißachtete die Schilder.

Und damit nicht genug: Er riß einige vom Tor und warf sie weg.

Die Nomen starrten verblüfft. Selbst *Bombe wird entschärft* verschwand in den Büschen und hätte fast den jungen Sacco umgestoßen.

Doch die neue Kette bereitete dem Menschen einige Probleme. Er zog versuchsweise an ihr, spähte durch den Maschendrahtzaun und stapfte eine Zeitlang ratlos umher, bevor er wieder einstieg und zur Straße fuhr.

Die Wichte im Gebüsch jubelten, aber auf eine eher zurückhaltende und besorgte Weise.

Wenn sich Menschen nicht so verhielten, wie man es von ihnen erwartete — dann geriet die Welt aus den Fugen.

»Ich schätze, das wär's«, sagte Dorcas nach ihrer Rückkehr. »Mir gefällt es ebensowenig wie euch, doch uns bleibt nichts anderes übrig, als den Steinbruch zu verlassen. Ich kenne die Menschen. Die Kette hält sie nicht lange auf, wenn sie wirklich hierherkommen wollen.«

»Wir bleiben im Neuen Kaufhaus!« sagte Nisodemus mit strenger Autorität.

»Aber auch eine Kette aus *dickem* Metall kann man durchschneiden ...«, erklang Dorcas' Stimme der Vernunft.

»Ruhe!« rief Nisodemus. »Es ist deine Schuld, du alter Narr! Ähm! Du hast doch die Kette am Tor befestigt!«

»Ja, um den Menschen daran zu hin ... Wie bitte?«

»Wenn du die Kette *nicht* am Tor befestigt hättest, wäre der Mensch sicher bereit gewesen, den Schildern zu gehorchen«, behauptete Nisodemus. »Wie können wir hoffen, daß uns Arnold Bros (gegr. 1905) hilft, wenn wir ihm mit Mißtrauen begegnen?«

»Äh«, sagte Dorcas. Und er dachte: *Verrückt. Er ist verrückt. Ein verrückter Wicht. Ein* gefährlicher *verrückter Wicht. Hier reden wir nicht über Teekannen.* Er wich langsam von Nisodemus fort und floh ins frostige Draußen.

Alles geht schief, fuhr es ihm durch den Sinn. *Ich sollte mich hier um die Dinge kümmern, während Masklin weg ist, und jetzt geht alles schief. Wir haben keine richtigen Pläne, und Masklin kehrt nicht zurück, und alles geht schief.*

Wenn Menschen in den Steinbruch kommen, so finden sie uns.

Etwas Kaltes fiel ihm auf den Kopf. Dorcas wischte es verärgert fort.

Ich rede mit den jüngeren Wichten, dachte der Ingenieur. *Vielleicht ist es doch keine so schlechte Idee, die Scheune aufzusuchen. Wir könnten unterwegs die Augen geschlossen halten oder so.*

Etwas berührte ihn am Nacken — weich und kalt und feucht.

Dorcas hob den Kopf und stellte verblüfft fest, daß

er die andere Seite des Steinbruchs nicht mehr sehen konnte. Die Luft war voller weißer Flecken, die immer größer wurden.

Entsetzt riß er die Augen auf.

Es schneite.

8

VII.	Und Grimma sprach: Wir haben zwei Möglichkeiten.
VIII.	Wir können fliehen oder uns verstecken.
IX.	Und die Nomen fragten: Was schlägst du vor?
X.	Und Grimma sagte: Wir kämpfen.

Aus dem *Buch der Nomen*, Steinbrüche, Kapitel 3, Verse VII–X

Es war kein dichtes Schneetreiben, eher das Gegenstück zu einem leichten Nieseln. Oma Morkie meinte, damit wolle der Winter darauf hinweisen, daß es, nun, Winter sei.

Oma hatte sich nie sehr für den Rat interessiert. Sie verbrachte ihre Zeit bei den anderen Alten, schimpfte mit ihnen und versuchte gelegentlich, sie ›aufzumuntern‹ und auf andere Gedanken zu bringen.

Jetzt stapfte sie so durch den Schnee, als gehöre er ihr allein.

»Dies ist natürlich noch gar nichts«, sagte sie. »Ich erinnere mich an *richtigen* Schnee. War so hoch, war er, daß man nicht in ihm gehen konnte, sondern Tunnel hindurchgraben mußte! Tja, damals hatten wir nichts zu lachen!«

»Äh«, erwiderte ein recht alter Wicht. »Fällt er immer so vom Himmel herab?«

»Und ob! Manchmal wird er auch vom Wind hin und her geweht. Dann bilden sich große Haufen!«

»Wir dachten immer ...«, begann der alte Nom. »Auf den Bildern, äh, im Kaufhaus, meine ich ... Wir dachten immer, der Schnee erscheint einfach so auf Dingen.

Damit alles hübsch und festlich wirkt«, fügte er verlegen hinzu.

Sie beobachteten, wie die weiße Schicht auf dem Boden wuchs. Die Wolken über dem Steinbruch sahen aus wie angeschwollene Matratzen.

»Wenigstens kann jetzt niemand mehr von uns verlangen, in die abscheuliche Scheune umzuziehen«, meinte ein Wicht.

»Das stimmt«, pflichtete ihm Oma Morkie bei. »Wer bei solchem Wetter draußen unterwegs ist, könnte sich den Tod holen.« Sie strahlte übers ganze Gesicht.

Die alten Nomen brummten leise vor sich hin, blickten zum Himmel auf und hielten angestrengt nach den ersten Anzeichen von Rotkehlchen oder Rentieren Ausschau.

Die fallenden Schneeflocken formten weiße Mauern um den Steinbruch — man konnte nicht mehr über die weiten Felder sehen.

Dorcas saß in seiner Werkstatt und beobachtete, wie sich der Schnee am schmutzigen Fenster sammelte, das Licht im Schuppen grau werden ließ.

»Nun ...«, murmelte er. »Wir wollten hier isoliert sein. Und jetzt sind wir's. Wir können nicht weglaufen. Wir können uns nicht verstecken.« Er seufzte. »Ach, wir hätten alle zusammen mit Masklin aufbrechen sollen.«

Er hörte Schritte, drehte sich um und erkannte Grimma. Während der letzten Tage hatte sie viel Zeit am Tor verbracht, doch der Schnee zwang sie nun dazu, drinnen zu bleiben.

»Er kann nicht zurückkehren«, sagte sie. »Nicht bei diesem Wetter.«

»Ja, hm«, erwiderte der Ingenieur unsicher.

»Er ist jetzt seit acht Tagen fort.«

»Ziemlich lange.«

»Was hast du gesagt, als ich hereinkam?« fragte Grimma.

»Ich habe nur mit mir selbst gesprochen. Bleibt der Schnee lange liegen?«

»Das könnte tatsächlich der Fall sein, wenn Oma Morkie recht hat. Manchmal dauert's *Wochen,* bis er taut.«

»Oh.«

»Wenn die Menschen kommen ...« Grimma zögerte. »Früher oder später bemerken sie uns. Wahrscheinlich früher.«

»Ja«, brummte Dorcas traurig, »ja, ich fürchte, da hast du recht.«

»Wie viele von uns wären imstande, äh — nun, du weißt schon —, auch weiterhin hier zu leben?«

»Vielleicht einige Dutzend. Wenn sie nicht zuviel essen und tagsüber im verborgenen bleiben. Hier gibt's keinen Speisesaal.« Dorcas seufzte erneut. »Und wenn ständig Menschen im Steinbruch sind, ist kaum mehr an die Jagd zu denken. Sie hätte ohnehin keinen Sinn: Bestimmt gibt's bald keine Tiere mehr in der Nähe.«

»Wir sind Tausende!«

Dorcas hob wortlos die Schultern.

»Es ist schon für mich schwer genug, durch den Schnee zu gehen«, sagte er. »Die älteren Wichte schaffen das bestimmt nicht. Ebensowenig wie die kleinen Kinder.«

»Also müssen wir hierbleiben«, entgegnete Grimma. »So wie's Nisodemus will.«

»Ja. Wir können nur bleiben und hoffen. Vielleicht verschwindet der Schnee bald. Dann fliehen wir ins Gebüsch oder so.«

»Und wenn wir kämpfen?« fragte Grimma.

Dorcas knurrte leise. »Kein Problem. Wir kämpfen dauernd. Streit und Zank — du kennst das ja. Es liegt in der nomischen Natur.«

»Nein, ich meine: Und wenn wir gegen die *Menschen* kämpfen? Um den Steinbruch?«

Langes Schweigen folgte.

»Was, wir?« erwiderte Dorcas schließlich. »Gegen *Menschen?*«

»Ja.«

»Aber die Menschen sind *Menschen!*«

»Ja.«

»Aber sie sind viel größer als wir!« stieß der Ingenieur verzweifelt hervor.

»Größere Ziele, leichter zu treffen.« In Grimmas Augen leuchtete es. »Wir sind viel schneller und klüger als sie, und wir wissen, daß sie existieren, und außerdem haben wir das Überraschungsmoment auf unserer Seite«, fügte sie hinzu.

»Das was?« fragte Dorcas verwirrt.

»Das Überraschungsmoment. Die Menschen wissen nicht, daß wir hier sind«, erklärte Grimma.

Der Ingenieur musterte sie argwöhnisch.

»Du hast wieder in komischen Büchern gelesen«, vermutete er.

»Das ist immer noch besser, als herumzusitzen, die Hände zu ringen und zu jammern: ›Meine Güte, meine Güte, die Menschen kommen und werden uns alle zertrampeln.‹«

»Na schön«, sagte Dorcas. »Aber was schlägst du vor? Glaub mir: Es wäre alles andere als leicht, ihnen einen Knüppel auf den Kopf zu schlagen.«

»Nicht auf den Kopf«, antwortete Grimma.

Dorcas starrte sie groß an. Gegen Menschen kämpfen? Es war eine so verblüffende Vorstellung, daß es der Verstand zunächst ablehnte, sich eingehender damit zu befassen.

Andererseits ... Der Ingenieur entsann sich an ein ganz bestimmtes Buch. Masklin hatte es im Kaufhaus entdeckt, und es brachte Dorcas damals auf die Idee, wie man einen Lastwagen fahren konnte. Wie lautete der Titel? *Gullivers Reisen?* Es zeigte das Bild eines Menschen, der auf dem Rücken lag, während kleine Gestalten — sie sahen wie Nomen aus — ihn mit Strikken fesselten. Nicht einmal die ältesten Wichte konnten sich an so etwas erinnern. Es mußte vor langer, langer Zeit geschehen sein.

Dem Ingenieur fiel etwas ein.

»Einen Augenblick«, sagte er. »Wenn wir damit beginnen, gegen die Menschen zu kämpfen ...« Er unterbrach sich.

»Ja?« drängte Grimma ungeduldig.

»Dann setzen sie sich zur Wehr, oder? Ich weiß, daß sie nicht besonders intelligent sind, aber irgendwann merken sie bestimmt, was passiert, und dann wehren sie sich. ›Vergeltung‹ nennt man so etwas.«

»Genau«, bestätigte Grimma. »Und deshalb ist es sehr wichtig, daß wir sofort mit der Vergeltung anfangen.«

Dorcas dachte darüber nach. Es klang irgendwie logisch.

»Aber nur in Notwehr«, sagte er. »Nur in Notwehr. Selbst Menschen gegenüber. Um unnötiges Leid zu vermeiden.«

»Meinetwegen«, räumte Grimma ein.

»Und du meinst wirklich, wir sollten gegen die Menschen kämpfen?«

»Ja.«

»Und ... wie?«

Grimma biß sich auf die Lippe. »Hmm ... Der junge Sacco und seine Freunde. Vertraust du ihnen?«

»Es sind gute Jungs. Und auch Mädchen, ein oder zwei von ihnen.« Dorcas lächelte. »Immer bereit, etwas Neues auszuprobieren.«

»Nun, dann brauchen wir Nägel ...«

»Du hast dir alles genau überlegt, wie?« fragte der Ingenieur. Ehrfurcht regte sich in ihm. Grimma schien oft schlecht gelaunt zu sein, und vielleicht lag es daran, daß ihr Gehirn sehr schnell arbeitete: Andere Leute konnten ihr nicht folgen, und dadurch verlor sie die Geduld. Doch jetzt zeigte sie keine Gereiztheit, sondern echten *Zorn*. Dorcas spürte fast so etwas wie Mitleid, als er an Menschen dachte, die einer solchen Grimma über den Weg liefen.

»Ich habe viel gelesen«, sagte sie.

»Äh, ja, das sehe ich«, erwiderte der Ingenieur. »Aber, äh, ich frage mich, ob es nicht vernünftiger wäre ...«

»Wir laufen nicht noch einmal weg«, fuhr Grimma in einem kategorischen Tonfall fort. »Wir kämpfen auf dem Weg. Wir kämpfen am Tor. Wir kämpfen im Steinbruch. Und wir kapitulieren nie.«

»Was bedeutet ›kapitulieren‹?« erkundigte sich Dorcas verzweifelt.

»Wir kennen überhaupt nicht die Bedeutung des Wortes Kapitulation«, sagte Grimma.

»Nun, *mir* ist sie nicht bekannt«, stellte der Ingenieur fest.

Grimma lehnte sich an die Wand.

»Möchtest du etwas Seltsames hören?« fragte sie.

Dorcas rang mit sich selbst.

»Äh, vielleicht.«

»Es gibt Bücher über uns.«

»Wie *Gullivers Reisen?*«

»Nein. Darin ging's um Menschen. Über uns, meine ich. Über ganz normale Leute, die so groß sind wie wir. Aber sie sind grün und haben komische Stengel auf dem Kopf. Manchmal stellen die Menschen Schüsseln mit Milch für uns vor die Tür, und wir erledigen ihre Hausarbeit. Und sie haben Flügel, wie Bienen. So steht's in den Büchern. Wir heißen darin ›Kobolde‹ und ›Elfen‹. Ich hab's in *Märchen für Kleine* gelesen.«

»Das mit den Flügeln könnte nicht klappen«, entgegnete Dorcas skeptisch. »Wir sind zu schwer.«

»Und die Menschen glauben, wir wohnen in Pilzen«, sagte Grimma.

»Hm, klingt nicht sehr praktisch.«

»Und sie glauben, wir reparieren Schuhe.«

»Schon besser«, brummte Dorcas. »Gute solide Arbeit.«

»In dem Buch stand auch, daß wir die Blumen anmalen, damit sie hübsch bunt sind.«

Dorcas hob beide Brauen.

»Nein«, murmelte er nach einer Weile. »Ich habe mir die Farben der Blumen angesehen. Sie sind eingebaut, ich bin ganz sicher.«

»Wir leben«, sagte Grimma. »Ich meine, wir existieren *wirklich*. Ohne Stengel auf dem Kopf. Ohne Bienenflügel. Warum stehen solche Sachen in Büchern?«

»Keine Ahnung«, antwortete Dorcas. »Ich lese nur *Hand*bücher. *Richtige* Bücher müssen Listen und Bauteilnummern enthalten, wenn du mich fragst.«

»Wenn es den Menschen jemals gelingt, uns zu fangen ... Jetzt wissen wir, was uns dann bevorsteht. Sie verwandeln uns in Kobolde und Elfen, die Blumen bemalen. Sie lassen nicht zu, daß wir etwas anderes sind. Sie zwingen uns, *klein* zu sein.« Grimma seufzte. »Hast du jemals das Gefühl, nie genug zu wissen?«

»O ja. Dauernd.«

Grimma runzelte die Stirn.

»*Eins* weiß ich: Wenn Masklin zurückkehrt, so wird etwas da sein, zu dem er zurückkehren kann.«

»Oh«, sagte Dorcas.

»Oh«, wiederholte er. »Ich verstehe.«

Bittere Kälte erwartete den Ingenieur in Jekubs Bau. Andere Wichte kamen nie hierher, wegen des unangenehmen Geruchs, und das war Dorcas nur recht.

Er schlurfte über den Boden und hob den Rand der großen Plane, unter der Jekub schlief. Zwar hatte er eine Art Strickleiter improvisiert, aber es dauerte trotzdem lange, an dem Ungeheuer hinaufzuklettern. Schließlich erreichte Dorcas seinen üblichen Sitzplatz und verschnaufte.

»Ich möchte den Leuten nur helfen«, sagte er leise.

»Ich möchte ihnen Dinge geben wie Elektrizität und so weiter, ihr Leben erleichtern, aber sie bedanken sich nicht einmal dafür. Sie wollten, daß ich Schilder anfertige, und ich habe ihnen den Wunsch erfüllt. Jetzt will Grimma gegen die Menschen kämpfen. Sie hat viele Ideen, und die meisten von ihnen stammen aus Büchern. Ich weiß, daß sie nur deshalb Pläne schmiedet, um Masklin zu vergessen, aber ich fürchte, damit schafft sie nur zusätzliche Probleme. Und wenn ich ihr *nicht* helfe, wird alles noch schlimmer. Ich möchte vermeiden, daß *irgend jemand* zu Schaden kommt. Leute wie wir können nicht so einfach repariert werden wie Maschinen.«

Er stieß mit den Hacken an Jekubs … Welcher Teil von ihm war es? Wahrscheinlich der Hals.

»Für dich ist alles einfach«, fuhr Dorcas fort. »Du schläfst hier, ruhst dich aus …«

Eine Zeitlang blickte er an Jekub hinab.

Und dann, noch leiser: »Ich frage mich …«

Fünf Minuten verstrichen. Der Ingenieur kroch und kletterte durch die Schatten, verschwand hier, kam dort wieder zum Vorschein und murmelte Bemerkungen wie: »Völlig leer. Kein Strom mehr drin. Wir brauchen eine neue Batterie.« Und: »Scheint soweit in Ordnung zu sein, muß nur gesäubert werden.« Und: »Hmm, du hast zuwenig im Tank …«

Schließlich trat er unter der staubigen Plane hervor und rieb sich die Hände.

Jeder braucht ein Ziel, dachte er. *Sonst ist das Leben leer.*

Nisodemus möchte, daß alles so wird wie früher. Grimma möchte, daß Masklin zurückkehrt. Und Masklin … Niemand weiß genau, was Masklin möchte. Vermutlich strebt er ziemlich viel an.

Sie alle haben Ziele. Mit einem Ziel im Leben kann man sich fünfzehn Zentimeter groß fühlen.

Und ich habe gerade eins für mich gefunden.

Potzblitz.

Der Mensch kehrte später zurück, und er kam nicht allein. Der kleine Laster folgte einem viel größeren mit der Aufschrift ›Blackbury Sand & Kies GmbH‹. Seine Reifen verwandelten die dünne Schneeschicht in glitzernden Schlamm.

Er rumpelte über den Weg, wurde langsamer, als er sich dem breiten Bereich vorm Tor näherte — und hielt.

Es war kein besonders gutes Anhalten. Das Heck des Lastwagens schwang herum und stieß fast an die Hekke. Der Motor stotterte und verstummte. Etwas zischte. Und dann, ganz langsam, sank das große Fahrzeug.

Zwei Menschen stiegen aus, stapften um den Laster herum und sahen sich die Räder an.

»Die Reifen sind nur unten platt«, flüsterte Grimma im Gebüsch.

»Keine Sorge«, raunte Dorcas. »Das haben Reifen so an sich: Die flachen Stellen sinken immer nach unten. Eigentlich erstaunlich, was man mit ein paar Nägeln anstellen kann, nicht wahr?«

Der kleinere Laster hielt hinter dem großen. Dort stiegen ebenfalls zwei Menschen aus und gesellten sich den ersten beiden hinzu. Einer von ihnen hielt die größte Zange in den Händen, die Dorcas jemals gesehen hatte. Während sich seine Gefährten an einem Rad bückten, ging er zum Tor und setzte die Zange dort an, wo das Vorhängeschloß hing.

Er drückte zu, und es war eine Anstrengung, selbst für den Menschen. Doch nach einigen Sekunden ertönte ein so lautes Knacken, daß es auch die Wichte im Gebüsch hörten. Unmittelbar darauf klirrte und rasselte es, als die Kette zu Boden rutschte.

Dorcas stöhnte und mußte nun alle seine Hoffnungen aufgeben. Die Kette gehörte Jekub. Das vermutete er jedenfalls, weil sie in einem gelben Kasten an Jekubs Seite gelegen hatte. *Andererseits,* dachte er nicht ohne Stolz, *ist die Kette ist noch immer heil. Sie hat gehalten, im Gegensatz zum Schloß.*

»Ich verstehe das nicht«, murmelte Grimma. »Die Menschen sehen doch, daß sie hier unerwünscht sind. Warum bestehen sie trotzdem darauf, zum Steinbruch zu kommen?«

»Wenn sie Steine suchen ...«, meinte Sacco. »Davon gibt's auch woanders genug.«

Der Mensch zog das Tor weit genug auf, um zur anderen Seite zu gelangen.

»Bestimmt geht er zum Verwalterbüro«, sagte Sacco. »Bestimmt macht er Geräusche am Telefon.«

»Nein«, erwiderte Dorcas fest.

»Bestimmt spricht er mit Anordnung«, fuhr Sacco fort. »Er wird ihm sagen — auf Mensch, meine ich —, er wird ihm sagen: ›Einige unserer Reifen sind platt.‹«

»Nein«, wiederholte Dorcas. »Er wird sagen: ›Warum funktioniert das Telefon nicht?‹«

»Warum funktioniert das Telefon nicht?« fragte Nooty.

»Weil ich weiß, welche Drähte man durchschneiden muß«, antwortete Dorcas. »Seht nur, jetzt verläßt er das Verwalterbüro.«

Sie beobachteten, wie der Mensch zwischen den Hütten umherschritt. Schnee verhüllte die kläglichen Versuche der Wichte, den Ackerbau zu erlernen, doch im Weiß auf dem Boden zeigten sich viele kleine Fußabdrücke, wie Vogelspuren. Der Mensch schien sie nicht zu bemerken. Menschen bemerkten fast nie etwas.

»Stolperdrähte«, sagte Grimma.

»Was?« fragte Dorcas.

»Stolperdrähte. Wir sollten Stolperdrähte spannen. Menschen sind groß. Und je größer man ist, desto unangenehmer wird es, das Gleichgewicht zu verlieren und zu fallen.«

»Hoffentlich fallen die Menschen nicht auf uns«, kommentierte Dorcas besorgt.

»Nein. Und wir könnten noch mehr Nägel verwenden«, fügte Grimma hinzu.

»Meine Güte!«

Die Menschen standen vor dem Laster mit den platten Reifen. Schließlich schienen sie eine Entscheidung zu treffen, gingen zum Land Rover und stiegen ein. Der Lastwagen blockierte den Weg — das Fahrzeug rollte zurück, wendete an einer Feldzufahrt und verschwand in Richtung Straße.

Der Laster stand auch weiterhin am Tor.

Dorcas ließ den angehaltenen Atem entweichen.

»Ich habe befürchtet, daß jemand von ihnen hierbleibt«, brummte er.

»Sie kommen wieder«, sagte Grimma. »Darauf hast du selbst hingewiesen. Die Menschen kehren zurück und bringen irgendwie die Reifen in Ordnung.«

Dorcas nickte. »Dann sollten wir keine Zeit verlieren und uns sputen. Also los.«

Er stand auf und lief zum Weg. Sacco hörte überrascht, daß der Ingenieur leise pfiff.

»Nun, wir müssen dafür sorgen, daß die Menschen den Lastwagen nicht bewegen können«, sagte Dorcas zu seinen Begleitern, die Mühe hatten, mit ihm Schritt zu halten. »Wenn er an Ort und Stelle stehenbleibt, blockiert er den Weg. Und wenn er den Weg blockiert, ist es den Menschen nicht möglich, irgendwelche Maschinen in den Steinbruch zu bringen.«

»Gut«, meinte Grimma, doch es klang ein wenig verwirrt.

»Zuerst die Batterie«, entschied Dorcas. »Ohne Batterie kein Strom. Ohne Strom funktioniert bei einem Laster überhaupt nichts.«

»Genau«, bestätigte Sacco.

»Ein großes eckiges Ding«, erklärte der Ingenieur. »Mindestens acht von euch sind notwendig, um die Batterie zu tragen. Und laßt sie bloß nicht fallen, ganz gleich, was auch passiert.«

»Warum?« fragte Grimma. »Es wäre doch eine gute Idee, die Batterie kaputtzuschlagen, oder?«

»Äh, äh, äh«, stieß Dorcas hervor, wie ein Motor, der nicht ansprang. »Nein, weil, weil, weil es gefährlich sein könnte. Ja. Gefährlich. Ja. Wegen, wegen, wegen der Säure und so. Die Batterie muß ganz vorsichtig ausgebaut werden, und ich bringe sie dann an einem sicheren Ort unter. Ja. An einem sehr sicheren Ort. Los geht's. Ihr holt den Schraubenschlüssel.« Dorcas deutete auf zwei Nomen.

Die beiden Wichte eilten fort.

»Und abgesehen von der Batterie?« erkundigte sich Grimma.

»Wir entleeren den Tank«, sagte der alte Ingenieur fest, als sie unter den Lastwagen traten. Er war viel kleiner als jener Laster, den sie bei der Langen Fahrt benutzt hatten, aber er wirkte trotzdem *riesig*. Dorcas ging noch einige Schritte vor und blieb dann unter dem großen gewölbten Metalleib des Tanks stehen.

Vier junge Nomen holten einen leeren Kanister aus dem Gebüsch. Dorcas rief sie zu sich und deutete auf das gewaltige Gebilde weiter oben.

»Sucht nach einer Schraube. Sie dient dazu, den Treibstoff abzulassen. Dreht sie mit dem Schraubenschlüssel auf. Und stellt *vorher* den Kanister darunter!«

Die jungen Leute nickten begeistert und machten sich an die Arbeit. Wichte sind gute Kletterer und erstaunlich kräftig, wenn man bedenkt, daß sie nicht größer werden als zehn Zentimeter.

»Und achtet darauf, nichts zu verschütten!« rief ihnen Dorcas nach.

»Warum spielt das eine Rolle?« fragte Grimma hinter ihm. »Wir wollen das Zeug doch nur aus dem Tank holen. Ist es nicht völlig gleich, was anschließend daraus wird?« Sie maß den Ingenieur mit einem nachdenklichen Blick.

Dorcas drehte sich um, blinzelte und überlegte fieberhaft.

»Äh«, sagte er. »Äh. Äh. Weil. Weilweilweil. Äh. Weil... Treibstoff ist gefährlich. Darf nicht in den Boden gelangen. Wegen der Umweltverschmutzung. Wir sollten ihn im Kanister aufbewahren und ...«

»Und an einem sicheren Ort verstauen?« fragte Grimma mißtrauisch.

»Ja, ja, genau!« Dorcas spürte, wie ihm der Schweiß ausbrach. »Gute Idee. Komm, gehen wir dorthin ...«

Er spürte einen plötzlichen Luftzug und hörte ein Pochen: Die Batterie des Lastwagens landete dort, wo sie eben noch gestanden hatten.

»Entschuldige, Dorcas!« rief Sacco von oben. »Sie war viel schwerer, als wir dachten. Wir konnten sie nicht festhalten.«

»Idioten!« entfuhr es Grimma.

»Ja, Idioten seid ihr!« donnerte der Ingenieur. »Vielleicht ist die Batterie beschädigt worden! Kommt runter und bringt sie zur Hecke, in Ordnung?«

»Wir hätten *verletzt* werden können«, sagte Grimma.

»Ja, ja, ja, genau das meine ich«, erwiderte Dorcas. »Könntest du hier ein bißchen organisieren? Es sind gute Jungs, aber manchmal übertreiben sie's mit ihrer Begeisterung, wenn du verstehst, was ich meine.«

Er wanderte durch die Schatten, den Kopf weit nach hinten geneigt.

»Nun!« zischte Grimma und beobachtete, wie Sacco und seine Freunde verlegen herabkletterten.

»Steht nicht einfach so herum«, sagte sie. »Zur Hekke mit der Batterie. Hat euch Dorcas nicht gezeigt, wie man mit Hebeln umgeht? Sind sehr wichtig. Es ist erstaunlich, was man mit Hebeln anstellen kann. Während der Langen Fahrt haben wir sie häufig benutzt ...«

Sie unterbrach sich, blickte zur fernen Gestalt des Ingenieurs und kniff die Augen zusammen.

Er ist schlau, dachte Grimma. *Und er hat irgend etwas vor.*

»An die Arbeit«, forderte sie die jungen Wichte auf und lief zu Dorcas.

Er stand unter dem Motor des Lastwagens und sah zu einem Durcheinander aus rostigen Rohrleitungen. Als sich Grimma ihm näherte, hörte sie sein Murmeln: »Nun, was brauchen wir sonst noch?«

»Brauchen?« wiederholte sie. »Wie meinst du denn das?«

»Oh, für Jek ...« Dorcas klappte den Mund zu und drehte sich langsam um. »Äh, ich meinte nur ... Was ist sonst noch nötig, um dafür zu sorgen, daß sich der Laster nicht mehr bewegen kann?« erklärte er mit steinerner Miene. »Äh, nur darum geht's mir.«

»Du spielst doch nicht etwa mit dem Gedanken, den Laster zu fahren, oder?« fragte Grimma.

»Was für eine törichte Vorstellung. Wohin denn? Er könnte doch nicht über die Felder bis zur Scheune rollen.«

»Nun, dann ist ja alles klar.«

»Ich möchte ihn mir nur ansehen.« Dorcas fügte stolz hinzu: »Man vergeudet nie seine Zeit, wenn man sie nutzt, um zusätzliches Wissen zu sammeln.« Auf der anderen Seite des Lastwagens trat er ins Licht und blickte auf.

»Interessant«, murmelte er.

»Was ist denn?«

»Die linke Tür — sie steht offen. Nun, die Menschen haben sie vielleicht offengelassen, weil sie beabsichtigten, wieder einzusteigen und mit dem Laster wegzufahren.«

Grimma starrte ebenfalls nach oben: Die Tür *war* einen Spaltbreit geöffnet.

Dorcas sah zur Hecke hinter ihnen.

»Ich schlage vor, wir suchen nach einem Zweig, der lang genug ist«, sagte er. »Dann klettern wir hoch und sehen uns um.«

»Du willst dich dort drin umsehen? Warum denn?«

»Vielleicht finden wir irgend etwas«, entgegnete Dorcas ausweichend. Er wandte sich seinen Assistenten unterm Laster zu.

»Wie kommt ihr zurecht? Wir könnten hier Hilfe gebrauchen.«

Sacco wankte heran. »Wir haben es geschafft, das Batterie-Ding bis hinter die Hecke zu bringen«, schnaufte er. »Und der Kanister ist fast voll. Riecht ganz schrecklich. Es strömt noch immer viel aus dem Tank.«

»Könnt ihr die Schraube wieder daran befestigen?«

»Nooty hat's versucht. Das schmierige Zeug hätte sie fast weggespült.«

»Laßt es einfach auf den Weg fließen«, brummte Dorcas.

»Moment mal«, warf Grimma ein. »Eben hast du gesagt, das sei gefährlich. Stellt der Treibstoff nur eine Gefahr dar, bis der Kanister voll ist — und dann nicht mehr?«

»Du wolltest, daß sich der Laster nicht bewegen kann, und diesen Wunsch habe ich dir erfüllt«, knurrte Dorcas. »Sei jetzt still.«

Grimma musterte ihn verblüfft.

»Was hast du gesagt?« fragte sie leise.

Der Ingenieur schluckte. *Ach, verdammt,* dachte er. *Wenn man schon angeschrien wird, dann sollte es wenigstens einen guten Grund dafür geben.*

»›Sei still‹, habe ich gesagt«, antwortete er. »Ich möchte nicht unhöflich sein, doch du gehst immer auf Leute los. Tut mir leid: So ist es nun einmal. Ich helfe dir. Ich bitte dich nicht, mir zu helfen, aber du könntest mich wenigstens in Ruhe zu lassen, anstatt mich dauernd mit irgendwelchen Sachen zu belästigen. Außerdem sagst du nie ›bitte‹ oder ›danke‹. Nomen sind ein wenig wie Maschinen«, fügte Dorcas ernst hinzu, während Grimmas Gesicht rot anlief. »Worte wie ›bitte‹ und ›danke‹ sind wie Schmierfett. Dadurch funktioniert alles besser. Hast du verstanden?« Er sah seine Assistenten an, die fast eingeschüchtert wirkten.

»Holt einen Zweig, der lang genug ist, um daran bis zum Führerhaus emporzuklettern«, sagte er. »Bitte.«

Die jungen Wichte *stürmten* los, um der Aufforderung des Ingenieurs nachzukommen.

❖ 9 ❖

> III. Und die jungen Wichte sprachen: Wir wären gern wie unsere Väter, die mit dem Lastwagen fuhren. Wie fühlten sie sich?
>
> IV. Und Dorcas antwortete: Sie fühlten Entsetzen.
>
> V. Und sie atmeten erleichtert auf, als es vorbei war.
>
> Aus dem *Buch der Nomen*, Seltsame Frösche, Kapitel 2, Verse III–V

Das Führerhaus unterschied sich kaum von dem des Lasters, der die Wichte vom Kaufhaus bis in die Nähe des Steinbruchs gebracht hatte. Es weckte Erinnerungen.

»Donnerwetter!« platzte es aus Sacco heraus. »Und wir haben einen solchen Lastwagen gefahren?«

»Siebenhundert von uns«, sagte Dorcas stolz. »Dein Vater gehörte zu ihnen. Du warst hinten bei deiner Mutter, ebenso wie die anderen Jungs.«

»Ich bin kein Junge«, wandte Nooty ein.

»Entschuldige«, erwiderte der Ingenieur. »Ist mir so rausgerutscht. In meiner Jugend blieben die Mädchen fast immer zu Hause. Ich habe natürlich nichts dagegen, daß sie sich jetzt größere Freiheiten nehmen«, fügte er hastig hinzu, um zu vermeiden, eine zweite Grimma zu bekommen. »Ich *begrüße* es sogar.«

»Schade, daß ich bei der Langen Fahrt nicht älter gewesen bin«, seufzte Nooty. »Sie muß *aufregend* gewesen sein.«

»Ich hatte fürchterliche Angst dabei«, gab Dorcas zu.

Die anderen wanderten im Führerhaus umher, wie

Touristen in einer Kathedrale. Sie bestaunten alles, und Nooty versuchte, ein Pedal zu betätigen.

»Toll«, hauchte sie.

»Sacco, kletter nach oben und hol die Schlüssel«, sagte Dorcas. »Was die anderen betrifft ... Glotzt nicht so. Die Menschen können jederzeit zurückkehren. Nooty, hör mit dem Brumm-brumm auf. Ich bin ziemlich sicher, daß nette Mädchen nicht solche Geräusche machen sollten«, fügte er hilflos hinzu.

Sacco schwang sich am Lenkrad vorbei und zerrte den Schlüssel aus dem Zündschloß, während sich die anderen auch weiterhin im Führerhaus umsahen.

Grimma fehlte. Sie hatte sich geweigert, Dorcas in den Lastwagen zu begleiten. Sie war bemerkenswert still gewesen und hatte verdrießlich zu Boden gestarrt.

Trotzdem: Der Ingenieur bedauerte seine Worte nicht. *Sie mußten ausgesprochen werden,* dachte er.

Er drehte den Kopf von einer Seite zur anderen und ließ den Blick durchs Führerhaus schweifen. *Na schön,* überlegte er. *Wir haben die Batterie. Wir haben Treibstoff. Was braucht Jekub sonst noch?*

»Kommt!« rief er schließlich. »Steigen wir aus. Nooty, hör endlich auf damit, dauernd zu versuchen, irgendwelche Dinge zu *bewegen.* Vielleicht genügt nicht einmal eure gemeinsame Kraft, um einen Gang einzulegen. Kommt jetzt, bevor die Menschen zurückkehren.«

Er ging zur Tür und hörte ein Klicken hinter sich.

»Ich habe gesagt, ihr ... *Was macht ihr da?*«

Die jungen Wichte starrten den Ingenieur erschrokken an.

»Wir wollten nur feststellen, ob wir doch einen Gang einlegen können«, antwortete Nooty. »Wenn man diesen Knopf drückt ...«

»Drückt ihn nicht! Drückt ihn nicht!«

Den ersten Hinweis darauf, daß etwas nicht stimmte, bekam Grimma durch ein dumpfes Knirschen, dem *kriechende* Schatten folgten.

Der Lastwagen bewegte sich. Nicht sehr schnell, weil die beiden vorderen Reifen platt waren. Aber der Weg war recht steil. Ja, der Laster bewegte sich: Er rollte erst langsam, aber schon jetzt gelang es ihm, so etwas wie Unaufhaltsamkeit zum Ausdruck zu bringen.

Grimma riß die Augen auf.

Hohe Böschungen säumten den Weg, bis hinab zur breiten Straße — und der Eisenbahn.

»Ich habe gesagt, ihr sollt den Knopf nicht drücken! Habe ich etwa gesagt, daß ihr ihn drücken sollt? Nein, nicht drücken *habe ich gesagt!«*

Die entsetzten Wichte starrten ihn an, jeder Mund ein sprachloses O.

»Das ist nicht der Schalthebel, sondern die Handbremse, ihr Idioten!«

Sie hörten jetzt alle das Knirschen und spürten eine leichte Vibration. »Äh«, brachte Sacco mit zittriger Stimme hervor. »Was bedeutet ›Handbremse‹?«

»Sie sorgt dafür, daß ein Lastwagen an Hängen und so stehenbleibt! Los, wir müssen uns beeilen! Helft mir, die Handbremse wieder anzuziehen!«

Das Führerhaus schwankte ganz langsam von einer Seite zur anderen. Der Laster rollte, kein Zweifel. Und die Handbremse rührte sich jetzt nicht mehr von der Stelle. Dorcas zerrte daran, bis er blaue und purpurne Flecken vor den Augen sah.

»Ich habe den Knopf nur gedrückt, um herauszufinden, was passiert!« jammerte Nooty. »Ich wußte nicht, daß ...«

»Ja, ja, schon gut ...« Dorcas blickte sich um. Er brauchte jetzt einen Hebel. Und er brauchte mindestens fünfzig Nomen. Und er wünschte sich, woanders zu sein.

Über den bebenden Boden taumelte er zur Tür und spähte nach draußen. Die Hecke glitt in aller Seelenruhe vorbei, als hätte sie es nicht besonders eilig, doch auf dem Weg ließen sich kaum mehr Einzelheiten erkennen.

Wir könnten hinausspringen, dachte Dorcas. *Und wenn wir Glück haben, brechen wir uns nichts. Wenn wir noch mehr Glück haben, geraten wir nicht einmal unter die Räder. Ich frage mich, wieviel Glück wir derzeit erwarten dürfen.*

Wahrscheinlich nicht viel.

Sacco trat zu ihm.

»Wenn wir genug Anlauf nehmen und springen ...«, begann er.

Der Lastwagen polterte und wackelte, als er gegen die eine Böschung stieß und dann, nach kurzem Schlingern, auch an die andere.

Die Wichte erhoben sich wieder.

»Vielleicht ist das doch keine so gute Idee«, meinte Sacco. »Was sollen wir jetzt unternehmen, Dorcas?«

»Wir warten ab«, erwiderte der Ingenieur. »Die Böschungen halten den Laster vermutlich auf dem Weg, und ich schätze, irgendwann bleibt er einfach stehen.« Er fiel auf den Hosenboden, als sich der Lastwagen erneut schüttelte. »Ihr wolltet doch wissen, wie es während der Langen Fahrt zuging. Nun, *jetzt* wißt ihr's.«

Eine neuerliche Erschütterung. Der Ast eines Baums verfing sich an der Tür, zog sie auf — und riß sie ab. Blech kreischte.

»Ging's dabei *so* zu?« rief Nooty, um den Lärm zu übertönen. Jetzt drohte keine unmittelbare Gefahr mehr, und Dorcas stellte erstaunt fest, daß die junge Nomin alles zu genießen schien. *Sie gehört zu den neuen Wichten,* dachte er. *Die neuen Wichte fürchten sich nicht mehr so sehr wie wir. Sie wissen, daß eine größere Welt existiert.*

Er hüstelte.

»Nun, ja, abgesehen davon, daß es bei der Langen

Fahrt dunkel war und wir keine Ahnung hatten, *wohin* wir fuhren«, antwortete er. »Ich schlage vor, wir halten uns gut fest. Falls es noch holpriger wird.«

Der Lastwagen rollte den Weg hinunter und erreichte die Straße. Ein Wagen raste in die Hecke, um ihm auszuweichen. Einem anderen Laster gelang es, am Ende von zwei langen Streifen aus abgeriebenem Reifengummi anzuhalten.

Die Nomen im Führerhaus bemerkten nichts davon. Sie spürten nur weitere Stöße, als ihr Lastwagen an der anderen Straßenseite schlingerte und sich jener Stelle näherte, wo das Asphaltband die Gleise kreuzte. Dort kamen gerade die Schranken herunter, und rotes Warnlicht blitzte.

Sacco starrte durch eine große Öffnung, die sich dort befand, wo bis vor kurzer Zeit eine Tür gewesen war.

»Wir haben gerade eine Straße überquert«, berichtete er.

»Aha«, brummte Dorcas.

»Ein Auto ist gegen ein anderes gestoßen«, fuhr der junge Nom fort. »Und ein Lastwagen kippte zur Seite.«

»Dann können wir von Glück sagen, auf der anderen Straßenseite zu sein«, meinte Dorcas. »Offenbar sind einige sehr ungeschickte Fahrer unterwegs.«

Das Knirschen der platten Reifen auf Kies wurde allmählich leiser. Irgend etwas zerbrach mit einem lauten Knacken, und der Führerhausboden unter den Nomenfüßen hob und senkte sich einige Male. Dann verharrte der Laster.

Dorcas vernahm ein seltsam dumpfes Donnern.

Wichte hören anders als Menschen: Das warnende, schrille Läuten am Bahnübergang klang für sie wie das klagende Stöhnen einer uralten Glocke.

»Wir bewegen uns nicht mehr«, sagte Dorcas, und er dachte: *Wir hätten das Bremspedal betätigen können. Mit einem Hebel oder so. Ich glaube, ich werde langsam alt.* »Kommt, verlieren wir keine Zeit. Wir springen nach draußen. Das heißt: Ihr jungen Leute springt nach draußen.«

»Und du?« fragte Sacco.

»Ich warte, bis ihr alle nach draußen gesprungen seid, und dann bitte ich euch, mich aufzufangen«, erwiderte Dorcas ruhig. »Ich bin nicht mehr so jung wie ... wie damals. Also los.«

Die Wichte zögerten nicht, kletterten zum Trittbrett und sprangen in die Tiefe.

Die Tiefe wirkte *sehr* tief.

Weit unten zupfte Nooty respektvoll an Saccos Ärmel.

»Äh, Sacco«, sagte sie nervös.

»Ja?«

»Siehst du das Metallgatter dort?«

»Was ist damit?«

»Auf der anderen Seite gibt's *noch* eins.« Nooty deutete in die entsprechende Richtung.

»Ja, ich seh's«, entgegnete Sacco trotzig. »Was soll damit sein? Sie stehen einfach nur da.«

»Wir befinden uns genau zwischen ihnen«, sagte Nooty. »Ich hielt es nur für angebracht, dich darauf hinzuweisen, weißt du. Außerdem läutet eine Glocke.«

»Ja, ich höre sie«, erwiderte Sacco gereizt. »Ich wünschte, sie würde endlich *aufhören* zu läuten.«

»Ich habe mich gefragt: warum das alles?«

Sacco zuckte mit den Schultern. »Wer weiß, weshalb gewisse Dinge passieren? *Komm* schon, Dorcas. *Bitte.* Wir haben nicht den ganzen Tag Zeit.«

»Ich bereite mich nur vor«, antwortete der Ingenieur würdevoll.

Nooty schritt kummervoll von der Gruppe fort und blickte auf ein Gleis hinab. Es glänzte silbrig.

Und es *sang.*

Sie bückte sich. Ja, tatsächlich: Ein leises Summen

ging davon aus. Seltsam. Normalerweise verursachte Metall keine Geräusche, zumindest nicht von allein.

Nooty sah zum Lastwagen auf.

Als sie ihn beobachtete — er steckte zwischen rot blinkenden Lichtern, Schranken und Gleisen — schien sich die Welt plötzlich zu verändern, und eine schreckliche Vorstellung formte sich in der jungen Nomin.

»Sacco!« rief sie mit vibrierender Stimme. »Sacco, der Laster steht genau auf den Eisenbahnschienen!«

Irgendwo in der Ferne ächzte etwas. Besser gesagt: Es ächzte gleich zweimal, das zweite Stöhnen noch tiefer und klagender als das erste.

Dieh-dah.

Dieh-dah.

Vom Tor des Steinbruchs aus konnte Grimma über die Straße hinweg bis zum Flugplatz blicken. Sie sah den Zug. Und sie sah auch den Lastwagen.

Der Zug schien den Laster ebenfalls gesehen zu haben. Er *schrie,* und es klang wie Metall, das Verzweiflung spürt. Als der Zug gegen das Hindernis auf den Schienen stieß, war er viel langsamer geworden, und er schaffte es sogar, auf den Gleisen zu bleiben.

Lastwagenteile flogen in alle Richtungen, und Funken stoben.

❖ 10 ❖

> I. Und Nisodemus sprach: Zweifelt ihr daran, daß ich den mächtigen Anordnung aufzuhalten vermag?
>
> II. Und die Wichte antworteten: Ähm …
>
> Aus dem *Buch der Nomen*, Verfolgungen, Verse I–II

Andere Wichte liefen vom Steinbruch herbei — angeführt von Nisodemus — und drängten sich am Tor zusammen.

»Was ist passiert? Was ist passiert?«

»Ich habe alles gesehen«, sagte ein Nom in mittleren Jahren. »Weil ich Wache gehalten habe, wißt ihr. Ja. Dorcas und seine Jungs sind ins Führerhaus des Lasters geklettert. Und dann rollte das Ding den Weg hinunter, bis zur Straße, und dann hielt es auf den Schienen an, und dann … und dann …«

»Ich habe verboten, an teuflischen Maschinen herumzufummeln«, sagte Nisodemus. »Und ich habe auch verboten, daß irgend jemand, ähm, Wache hält, oder? Bescheidenen und demütigen Wichten sollte es genügen, daß Arnold Bros (gegr. 1905) über sie wacht!«

»Ja, aber … Dorcas meinte, es könnte sicher nicht schaden, wenn wir ihm ein wenig helfen oder so«, erwiderte der Nom nervös. »Und er meinte …«

»Ich habe *Befehle* erteilt!« keifte Nisodemus. »Befehle, denen ihr *gehorchen* müßt! Immerhin ist es mir gelungen, den Lastwagen mit der Macht von Arnold Bros (gegr. 1905) aufzuhalten, nicht wahr?«

»Nein«, widersprach Grimma ruhig. »Nein, das

stimmt nicht. Dorcas hat ihn aufgehalten. Mit Nägeln auf dem Weg.«

Entsetztes Schweigen folgte diesen Worten. Nisodemus nutzte die Stille, um zu erbleichen. Zorn gleißte in seinen Augen.

»Lügen!« rief er.

»Nein«, murmelte Grimma. »Es ist die Wahrheit. Dorcas hat sich immer Mühe gegeben, uns zu helfen, und wir haben nie ›bitte‹ oder ›danke‹ gesagt, und jetzt ist er tot.«

Sirenen erklangen von der Straße her, und am reglosen Zug schien ziemlich viel Aufregung zu herrschen. Blaulichter schimmerten.

Die Nomen traten voller Unbehagen von einem Bein aufs andere. Einer von ihnen sagte: »Er ist doch nicht wirklich tot, oder? Nicht *wirklich*. Bestimmt sprang er im letzten Augenblick aus dem Laster. Oder so. War immer sehr gescheit. Ich meine, das ist er nach wie vor: gescheit.«

Grimma sah sich hilflos in der Menge um und bemerkte Nootys Eltern: ruhige, geduldige Leute. Sie hatte nur selten mit ihnen gesprochen. Jetzt waren ihre Gesichter aschfahl, und Sorge bildete tiefe Falten darin. Grimma brachte es nicht fertig, ihnen jegliche Hoffnung zu nehmen.

»Ja«, sagte sie nach einer Weile. »Ja. Vielleicht sind Dorcas und die anderen rechtzeitig aus dem Laster gesprungen.«

»Bestimmt«, ließ sich ein anderer Nom vernehmen. Er versuchte, zuversichtlich zu wirken. »Dorcas ist kein Wicht, der einfach so stirbt, obwohl wir ihn brauchen.«

Grimma nickte.

»Und nun ...«, fuhr sie fort. »Ich schätze, jetzt fragen sich selbst die Menschen, was hier geschieht. Es dauert nicht lange, bis sie herausfinden, woher der Laster kam, und dann kehren sie hierher zurück. Und vielleicht sind sie *zornig*.«

Nisodemus befeuchtete sich die Lippen. »Wir fürchten uns nicht vor ihnen. Tapfer werden wir ihnen entgegentreten. Ähm. Wir begegnen ihnen mit Verachtung. Wir brauchen Dorcas gar nicht. Unser Vertrauen in Arnold Bros (gegr. 1905) genügt. Nägel — pah!«

»Wenn wir jetzt aufbrechen, haben wir noch Gelegenheit, die Scheune zu erreichen«, sagte Grimma. »Inzwischen ist ein großer Teil des Schnees getaut. Wie dem auch sei: Ich fürchte, hier im Steinbruch sind wir bald nicht mehr sicher.«

Irgendein Aspekt ihres Tonfalls weckte Nervosität in den Wichten. Normalerweise sprach Grimma immer ziemlich laut oder schrie sogar, doch diesmal flüsterte sie fast. Sie schien jetzt eine ganz andere Grimma zu sein.

»Beeilt euch«, sagte sie. »Wir müssen sofort los. Nehmt möglichst viele Vorräte und so weiter mit. Worauf wartet ihr noch?«

»Nein!« kreischte Nisodemus. »Wir bleiben hier. Arnold Bros (gegr. 1905) läßt uns gewiß nicht im Stich. Und ich werde euch vor den Menschen schützen!«

Unten löste sich ein Wagen mit blitzendem Blaulicht aus der Aufregung am Zug, überquerte die breite Straße und fuhr langsam in Richtung Steinbruch.

»Mit der Macht von Arnold Bros (gegr. 1905) werde ich die Menschen *strafen!*« rief Nisodemus.

Die Nomen wechselten beunruhigte Blicke. Im Kaufhaus war nie jemand von Arnold Bros gestraft worden. Er hatte es nur gegründet und dafür gesorgt, daß Wichte dort ein bequemes und relativ sorgloses Leben führen konnten. Selbst die von ihm aufgestellten Schilder störten kaum. Doch jetzt war Arnold Bros (gegr. 1905) plötzlich immerzu zornig und wollte dauernd Strafe bringen. Die meisten Nomen fanden das alles recht verwirrend.

»Ich bleibe hier stehen und trotze den gräßlichen Schergen von Anordnung!« ereiferte sich Nisodemus.

»Ich werde ihnen eine Lektion erteilen, die sie so schnell nicht vergessen.«

Die übrigen Wichte schwiegen. Wenn Nisodemus vor einem Auto stehenbleiben wollte, so war das seine Sache.

»Wir *alle* trotzen ihnen!« verkündete er.

»Äh, was?« fragte ein Nom.

»Brüder, laßt uns hier voller Entschlossenheit stehen und Anordnung zeigen, daß wir ihm gemeinsam die Stirn bieten! Ähm. Wenn ihr fest genug an Arnold Bros (gegr. 1905) glaubt, so wird euch auch kein Leid geschehen!«

Der Wagen mit dem Blaulicht rollte auch weiterhin über den Weg. Bald würde er die breite Stelle vorm Tor erreichen, an dem eine nutzlose Kette mit einem nutzlosen Vorhängeschloß hing.

Grimma öffnete den Mund, um zu sagen: Seid nicht dumm, ihr Narren! Es kann wohl kaum Arnold Bros' (gegr. 1905) Absicht sein, daß ihr vor Autos stehenbleibt. Ich habe *gesehen,* was mit Nomen passiert, die vor Autos standen. Ihre Verwandten mußten sie in Briefumschlägen begraben.

All das wollte sie sagen — doch dann überlegte sie es sich anders. Viele Monate lang war es immer wieder nötig gewesen, den Wichten Dinge zu erklären. Irgendwann mußte damit Schluß sein. Warum nicht jetzt?

Einige besorgte Gesichter wandten sich ihr zu, und jemand fragte: »Wie sollen wir uns jetzt *verhalten,* Grimma?«

»Ja«, meinte ein anderer Nom. »Sie gehört zu den Fahrern, und die Fahrer wissen immer, worauf es ankommt.«

Grimma lächelte, doch es war kein besonderes freundliches Lächeln.

»Entscheidet selbst«, erwiderte sie.

Dutzende von Wichten holten tief Luft.

»Nun, ja«, sagte ein Nom. »Aber, äh ... Nisodemus

behauptet, wir könnten die Menschen aufhalten, indem wir einfach nur glauben, dazu imstande zu sein. Stimmt das?«

»Keine Ahnung«, entgegnete Grimma. »Vielleicht seid *ihr* dazu in der Lage. *Ich* bin es nicht.«

Sie drehte sich um und ging mit langen Schritten zu den Hütten.

»Bleibt entschlossen stehen!« befahl Nisodemus. Er hatte überhaupt nicht auf die von Besorgnis geprägte Diskussion hinter ihm geachtet. Vielleicht hörte er inzwischen gar nichts mehr — abgesehen von den Stimmen, die in seinem Kopf flüsterten.

»›Entscheidet selbst‹«, murmelte ein Nom. »Was soll man mit einem solchen Rat anfangen?«

Hunderte von Wichten beobachteten, wie sich ihnen das Auto näherte. Nisodemus stand vor ihnen und hob wie beschwörend die Hände.

Jetzt gab es nur noch ein Geräusch: Reifen knirschten über Kies.

Wenn während der nächsten Sekunden ein Vogel zum Steinbruch hinabgesehen hätte, wäre er sicher erstaunt gewesen.

Oder vielleicht auch nicht. Vögel zeichnen sich durch eine eher geringe Intelligenz aus: Es fällt ihnen schwer genug, das Gewöhnliche zu verstehen, ganz zu schweigen vom Ungewöhnlichen. Aber nehmen wir einmal an, ein ungewöhnlich intelligenter Vogel — ein Hirtenstar etwa, oder ein Papagei, der von einem sehr starken Wind viele tausend Kilometer weit nach Norden getragen wurde —, hätte das Geschehen beobachten können. Vermutlich gingen ihm dabei folgende Gedanken durch den Kopf:

Oh, dort ist ein großes Loch im Hügel, mit kleinen, rostigen Wellblechhütten und einem Zaun davor.

Und dort ist ein Wagen mit blinkendem Blaulicht, der gerade durchs Tor im Zaun fährt.

Und dort sind kleine dunkle Punkte auf dem Boden, nicht weit vom Tor entfernt. Ein Punkt steht ganz still, direkt vor dem heranrollenden Auto, und die anderen ...

Die anderen sausten fort. Hunderte von Wichten rannten um ihr Leben.

Sie sahen Nisodemus nie wieder. Einige besonders mutige Nomen gingen später — *viel* später — zum Tor und suchten in den von Autoreifen stammenden Furchen.

Ein Gerücht entstand. Vielleicht war Nisodemus im letzten Augenblick hochgesprungen, um sich an einem Teil des Wagens festzuhalten und daran hochzuklettern. Und dann wartete er, zu beschämt, um sich anderen Wichten zu zeigen — bis das Auto wieder fortrollte und ihn mitnahm. Vielleicht führte er nun ein Leben in Einsamkeit. Eigentlich war er kein schlechter Nom gewesen, hieß es. Ganz gleich, was man sonst über ihn sagen konnte: Er hatte fest an gewisse Dinge geglaubt und sich immer so verhalten, wie er es für richtig hielt. Deshalb erschien es angemessen, daß er noch lebte, irgendwo draußen in der Welt.

So erzählte man es sich, und so schrieb man es im *Buch der Nomen* nieder.

Was die Wichte dachten, als sie zu Bett gingen ... Nun, das ging niemanden etwas an.

Menschen stapften langsam am Zug und an den Resten des Lastwagens vorbei. Viele andere Fahrzeuge waren gekommen, mit einer für Menschen recht hohen Geschwindigkeit. Die meisten von ihnen trugen Blaulichter.

Die Nomen wußten inzwischen, daß Autos mit Blaulichtern Unheil bedeuteten.

Auch der Land Rover mit den Steinbruch-Männern stand am Eisenbahnübergang. Einer jener Menschen deutete zum zerfetzten Lastwagen und rief den anderen etwas zu. Er hatte die Motorhaube geöffnet und zeigte dorthin, wo sich die Batterie befinden sollte.

Neben den Gleisen strich der Wind übers Gras. Und manche Grashalme bewegten sich von ganz allein.

Dorcas hatte recht: Menschen kehrten immer dorthin zurück, wo sie einmal gewesen waren. Der Steinbruch gehörte ihnen. Drei Lastwagen parkten draußen vor den Hütten, und überall wimmelte es von Menschen. Einige reparierten den Zaun; andere trugen Kisten und Tonnen. Einer räumte das Verwalterbüro auf.

Die Wichte hockten unter den Bodendielen und lauschten furchterfüllt den Geräuschen, die über ihnen erklangen. Sie sahen sich nun mit einem großen Problem konfrontiert: Nomen mochten klein sein, aber für *zweitausend* von ihnen gab es nicht genug Verstecke.

Ein langer Tag lag hinter ihnen, und die Wichte hatten ihn so gut wie möglich verbracht: in den Schatten unter einigen Hütten, in den Schatten hinter Kisten, in einigen Fällen sogar auf den staubigen Sparren unterm Blechdach.

Manche Nomen kamen so knapp davon, daß nicht einmal eine *schmale* Postkarte zwischen sie und ihre Entdeckung — oder den Tod — paßte. Der alte Munby Konfekt und seine Familie blinzelten im plötzlichen Licht, als ein Mensch nach der schmuddeligen Kiste griff, hinter der sie sich verbargen. Nur ein Sprint zum nahen Dosenstapel rettete sie. Und natürlich der Umstand, daß Menschen nie genau hinsahen.

Doch das war nicht das Schlimmste.

Das Schlimmste war viel schlimmer.

Die Wichte saßen in lauter Finsternis, wagten es nicht einmal, auch nur leise miteinander zu sprechen — und spürten, wie ihre Welt verschwand. Nicht etwa deshalb, weil Menschen Nomen haßten, sondern *weil sie nichts von ihnen wußten.*

Zum Beispiel Dorcas' Elektrizität. Der Ingenieur hatte viel Zeit damit verbracht, Drähte miteinander zu verbinden und eine Möglichkeit zu entdecken, Strom aus dem Sicherungskasten zu stehlen. Ein Mensch zog die Drähte gedankenlos fort, stocherte mit einem Schraubenzieher zwischen den Sicherungen und ersetzte den alten Kasten durch einen neuen, der abgeschlossen werden konnte. Dann reparierte er das Telefon.

Die Kaufhaus-Nomen brauchten Elektrizität und erinnerten sich nicht daran, jemals ohne sie gewesen zu sein. Es war eine ganz natürliche Sache für sie, wie Luft. Und jetzt wurde ihre Welt dunkel.

Das Entsetzen ließ nicht nach, ganz im Gegenteil. Die Bodendielen erzitterten; Staub und Holzsplitter regneten herab. Metallene Tonnen donnerten wie bei einem Gewitter, und überall hämmerte es. Die Menschen waren zurück — und sie wollten bleiben.

Doch schließlich verließen sie den Steinbruch. Als das Tageslicht vom Winterhimmel kroch, der dadurch aussah wie erkaltender Stahl, stiegen einige Menschen in die Laster und fuhren über den Weg zur Straße.

Bevor sie verschwanden, geschah etwas Seltsames. Nomen kletterten hastig übereinander hinweg, als eine Diele im Verwalterbüro nach oben gezogen wurde. Eine riesige Hand streckte sich nach unten und stellte eine Schüssel auf den Boden. Kurz darauf nahm die Diele wieder ihren alten Platz ein, und es herrschte neuerliche Dunkelheit.

Die Wichte kauerten in der Düsternis und fragten sich verdutzt, wieso Menschen ihnen Nahrung anboten.

Die Schüssel enthielt eine mehlartige Masse. Es war nicht viel, wenn man an das große Angebot des Speisesaals im Kaufhaus dachte. Aber für Nomen, die seit Stunden hungerten und sich erbärmlich fühlten, ging ein überaus verlockender Duft davon aus.

Zwei junge Wichte krochen näher und schnupperten.

Einer von ihnen nahm eine Handvoll von dem Zeug.

»Steck es nicht in den Mund!«

Grimma bahnte sich einen Weg durchs Gedränge.

»Aber es riecht so ...«, begann der Nom.

»Hast du so etwas schon einmal gerochen?« fragte Grimma.

»Nein ...«

»Dann *weißt* du also nicht, ob man's essen kann, oder? Hör mal: Ich kenne solche Sachen. Wo wir ... Ich meine, wo *ich* früher gelebt habe, in der Höhle ... An der Straße gab es einen Ort, wo Menschen gegessen haben, und manchmal fanden wir so ein Zeug hinter den Mülltonnen. Man stirbt, wenn man's ißt.«

Die Nomen starrten auf die so harmlos wirkende Schüssel. Tödliche Nahrung? Das schien keinen Sinn zu ergeben.

»Ich erinnere mich daran, daß wir im Kaufhaus einmal Fleisch aus Dosen gegessen haben«, sagte ein älterer Wicht. »Nachher hatten wir alle Bauchschmerzen und Durchfall.« Er richtete einen hoffnungsvollen Blick auf Grimma.

Sie schüttelte den Kopf. »Dies ist ganz anders. Manchmal lagen auch tote Ratten hinter den Mülltonnen. Sie starben auf eine sehr unangenehme Weise.« Grimma schauderte, als sie sich daran entsann.

»Oh.«

Die Nomen starrten erneut auf die Schüssel. Und oben pochte etwas.

Es befand sich noch immer ein Mensch im Steinbruch.

Er saß auf dem Drehstuhl im Verwalterbüro und las in einer Zeitung.

Die Nomen beobachteten ihn durch ein Astloch in der Nähe des Bodens. Sie sahen gewaltige Stiefel, enorm lange Hosenbeine, das aufragende Gebirge einer Jacke und, weit darüber, den Widerschein von elektrischem Licht auf einem kahlen Kopf.

Nach einer Weile legte der Mensch die Zeitung beiseite und beugte sich zum Schreibtisch vor. Die nomischen Beobachter blickten staunend zu einem Paket mit belegten Broten, das größer war als sie, zu einer Thermosflasche, die oben dampfte und von der ein deutlich wahrnehmbarer Suppenduft ausging.

Sie kletterten wieder nach unten, um Grimma Bericht zu erstatten. Die junge Nomin saß an der Schüssel und hatte sechs ältere, vernünftige Wichte angewiesen, keine Kinder an die weiße Masse heranzulassen.

»Er sitzt einfach nur da und liest Zeitung. Ab und zu sieht er aus dem Fenster.«

»Vielleicht bleibt er die ganze Nacht hier«, sagte Grimma. »Um Wache zu halten. Nach der ganzen Unruhe haben die Menschen bestimmt Verdacht geschöpft.«

»Was sollen wir jetzt *machen?*«

Grimma stützte das Kinn auf die Hände.

»Die großen Schuppen auf der anderen Seite des Steinbruchs«, erwiderte sie schließlich. »Wir könnten uns dort verstecken.«

»Dorcas .... Er meinte immer, in den großen Schuppen sei es sehr gefährlich«, sagte ein Nom. »Wegen der alten Sachen und so. *Sehr* gefährlich, betonte er.«

»Gefährlicher als hier?« erkundigte sich Grimma, und jetzt erklang in ihrer Stimme wieder ein Hauch von Sarkasmus.

»Guter Hinweis.«

»Bitte, m'm ...«, murmelte eine der jüngeren Nominnen. Sie brachten Grimma fast so etwas wie Ehrfurcht entgegen, weil sie Männer anschrie und besser las als sonst jemand. Diese Frau hielt ein kleines Kind in den Armen und beendete jeden Satz mit einem Knicks.

»Was ist denn, Sorrit?« fragte Grimma.

»Bitte, m'm, einige der Kinder sind sehr hungrig, m'm. Und hier unten gibt es überhaupt nichts zu essen.« Es klang verzweifelt.

Grimma nickte. Die Vorräte (beziehungsweise das, was von ihnen übrig war) lagen unter den Bodendielen der anderen Hütten. Ein Mensch hatte das zentrale Kartoffellager gefunden — vielleicht einer der Gründe für das Gift. Außerdem: Die Wichte konnten jetzt kein Feuer entzünden, und es fehlte Fleisch. Seit *Tagen* war niemand auf die Jagd gegangen, weil, so Nisodemus, sich Arnold Bros (gegr. 1905) um alles kümmerte.

»Sobald es hell wird, sollten möglichst viele Jäger aufbrechen«, sagte Grimma.

Die Nomen dachten darüber nach. Es dauerte noch ziemlich lange bis zur Morgendämmerung. Für Wichte ist die Nacht drei Tage lang ...

»Draußen liegt nach wie vor Schnee«, meinte ein Nom. »Das bedeutet, uns steht reichlich Wasser zur Verfügung.«

»*Wir* sind vielleicht imstande, ohne Nahrung auszukommen, aber die Kinder nicht«, erwiderte Grimma.

»Ebensowenig wie die Alten«, fügte ein anderer Nom hinzu. »Heute nacht friert's wieder. Wir haben keine Elektrizität mehr, und ein Feuer kommt nicht in Frage.«

Die Wichte schwiegen bedrückt.

Und Grimma dachte folgendes: *Sie zanken sich nicht. Sie schimpfen nicht einmal. Unsere Lage ist so ernst, daß sie ganz vergessen, sich gegenseitig die Schuld für alles zu geben.*

»Na schön«, sagte sie. »Was sollten wir *eurer* Meinung nach unternehmen?«

❖ 11 ❖

> I. Wir kommen aus dem Holz.
> II. Wir kommen aus dem Boden.
> III. Und die Menschen werden sich wünschen, uns nie gesehen zu haben.
>
> Aus dem *Buch der Nomen*, Menschen, Verse I–III

Der Mensch ließ die Zeitung sinken und lauschte.

Es raschelte in den Wänden, und es kratzte unterm Boden.

Die große Gestalt blickte zum Tisch.

Einige kleine Wesen zogen das Paket mit den belegten Broten fort. Der Mensch blinzelte verblüfft.

Dann schrie er und versuchte aufzustehen. Er stand fast, als er merkte, daß seine Füße an den Stuhlbeinen festgebunden waren.

Er fiel und prallte wuchtig auf den Boden. Hunderte von winzigen Geschöpfen sausten unter dem Tisch hervor, so schnell, daß er kaum mehr sah als undeutliche Schemen.

Sie wickelten ihm einen alten Telefondraht um die ausgestreckten Arme, und innerhalb weniger Sekunden war er zwar nicht besonders geschickt, aber doch auf eine recht wirkungsvolle Weise gefesselt.

Die Wichte beobachteten, wie er mit den Augen rollte. Er öffnete den Mund und muhte, schnappte mit tellergroßen Zähnen nach den Nomen.

Der Draht hielt.

Die Brote waren mit Käse und Chutney belegt. Es

dauerte eine Weile, bis es mehreren besonders kräftigen Wichten gelang, den Deckel von der Thermoskanne zu lösen, doch die Mühe lohnte: Sie enthielt Kaffee.

»Kaufhaus-Nahrung!« ertönte es hier und dort. »Richtige Kaufhaus-Nahrung, so wie früher!«

Aus allen Ritzen und Mauselöchern strömten die Nomen ins Zimmer. Am Tisch glühte ein elektrisches Feuer, und in andächtigen Reihen saßen sie davor. Andere wanderten umher.

»Wir haben es geschafft«, sagten sie. »Wie in *Gullibels Reisen.* Und eigentlich war es gar nicht schwer!«

In den Augen des Menschen gleißte es, und seine Blicke folgten den Wichten. Einige von ihnen fanden die Schachtel und schlugen daraufhin vor, den Großen zu töten.

Sie stand in einem Regal und war gelb. Das Bild auf der vorderen Seite zeigte eine sehr unglücklich wirkende Ratte, und große rote Buchstaben bildeten das Wort NAGERSCHRECK. Hinten ...

Grimma runzelte die Stirn, als sie danach trachtete, viel kleinere Worte zu entziffern.

»Hier steht: ›Ein Bissen genügt, und sie kehren nie zurück, um mehr zu fressen!‹ Offenbar besteht das Zeug aus Polydichloromethylinlon-4, was auch immer das sein mag. ›Vernichtet lästiges ...‹« Sie zögerte.

»Lästiges was?« drängten die zuhörenden Nomen. »Lästiges was?«

Grimma senkte die Stimme.

»Es heißt hier: ›Vernichtet lästiges *Ungeziefer* im Handumdrehen!‹« Sie sah auf. »Es ist Gift. Das weiße Etwas in der Schüssel — Gift.«

Es folgte eine Stille des Zorns. Die Wichte hatten viele Kinder im Steinbruch aufgezogen, und was Gift betraf, vertraten sie einen sehr festen Standpunkt.

»Wir sollten den Menschen zwingen, es zu essen«, meinte jemand. »Ihm das Polyputhheketlon oder so in den Mund stopfen. Lästiges *Ungeziefer.*«

»Ich glaube, die Menschen glauben, daß wir Ratten sind«, sagte Grimma.

»Und dann wäre alles in Ordnung, wie?« erwiderte ein Nom mit beißendem Sarkasmus. »An Ratten gibt's nichts auszusetzen. Mit Ratten hatten wir nie irgendwelche Schwierigkeiten. Es besteht überhaupt kein Grund, sie zu vergiften.«

Die Wichte kamen mit den Steinbruch-Ratten gut zurecht, vielleicht deshalb, weil ihr Anführer Bobo war, Angalos Freund aus dem Kaufhaus. Zwischen den beiden Spezies herrschte die distanzierte Freundlichkeit von Wesen, die sich im Notfall gegenseitig fressen konnten und bisher darauf verzichtet hatten.

»Die Ratten würden sich bestimmt freuen, wenn wir dafür sorgen, daß dieser Mensch sie nicht mehr vergiften kann«, fügte der Nom hinzu.

»Nein«, sagte Grimma. »Nein. Ich bin dagegen. Masklin wies häufig darauf hin, Menschen seien fast so intelligent wie wir. Und man darf keine intelligenten Geschöpfe umbringen.«

»*Sie* haben's versucht.«

»Weil sie keine Nomen sind und daher nicht wissen, wie man sich benimmt«, erklärte Grimma. »Sei doch vernünftig: Morgen kommen andere Menschen, und wenn sie hier einen toten Artgenossen finden, geht's drunter und drüber.«

Das ließ sich nicht leugnen. Andererseits ... Sie hatten sich nun einem Menschen gezeigt, und so etwas geschah zum erstenmal seit Nomengedenken. Sie waren dazu gezwungen gewesen, um nicht zu verhungern und zu erfrieren, aber wo mochte es enden? *Wie* es enden würde ... Diese Frage ließ sich leichter beantworten.

Mit ziemlicher Sicherheit endete es *schlimm.*

»Bringt die Schachtel zu einem Ort, wo sie für die Ratten unerreichbar bleibt«, sagte Grimma.

»Trotzdem«, brummte der Nom. »Ich meine, wir sollten dem Menschen wenigstens eine kleine Kostprobe geben ...«

»Nein! Weg mit dem Gift. Wir verbringen hier die Nacht und brechen auf, bevor es hell wird.«

»Na schön. Wie du willst. Ich hoffe nur, daß wir es später nicht bereuen.« Mehrere Wichte trugen die gräßliche Schachtel fort.

Grimma näherte sich dem Menschen, der inzwischen noch besser gefesselt war und keinen Finger mehr rühren konnte. Er sah aus wie das Bild von Gullibel oder wie er hieß, mit einer Ausnahme: Die heutigen Nomen hatten Dinge verwendet, die den damaligen Wichten fehlten: Drähte. Und Drähte konnte man nicht annähernd so leicht zerreißen wie Fäden oder Stricke. Darüber hinaus brodelte in diesen Nomen weitaus mehr Zorn. Gullibel war vermutlich nicht mit einem Lastwagen hin und her gefahren, um anschließend eine Mahlzeit aus Rattengift zu servieren.

Die vielen Dinge aus den Taschen des Menschen bildeten einen großen Haufen, und zu ihnen gehörte auch ein weißes Tuch. Allerdings lag es jetzt nicht mehr bei den anderen Sachen: Einige Wichte hatten es vor den Mund des Gefangenen gebunden, als sein unablässiges Muhen allen auf die Nerven ging.

Jetzt standen sie herum, aßen Brotkrumen und beobachteten die Augen.

Wichte sprechen schnell und mit hohen Stimmen, die wie das Quieken von Fledermäusen klingen. Menschen können Nomen nicht verstehen, und in diesem Fall war das auch besser so.

»*Ich* meine, wir sollten etwas Spitzes suchen und es in den Menschen stechen«, sagte jemand. »In alle weichen Teile.«

»Streichhölzer«, schlug eine ältere Nomin zu Grimmas großer Überraschung vor, »wir könnten Streichhölzer benutzen.«

»Und Nägel«, brummte ein etwas älterer Wicht.

Der Mensch knurrte hinter dem Knebel, wand sich mühsam hin und her.

»Ja«, sagte die Nomin. »Wir könnten ihm das Haar ausreißen. Und wir könnten ...«

Grimma trat von hinten an sie heran. »Nur zu.«

Die beiden Wichte drehten sich um.

»Was?«

»Nur zu«, wiederholte Grimma. »Dort liegt der Mensch, direkt vor euch, völlig hilflos. Stellt mit ihm an, was ihr wollt.«

»Was, *ich?*« fragte die Nomin erschrocken. »O nein, *ich* doch nicht. Ich habe nicht von *mir* gesprochen, nein. Ich meinte ... nun uns. Die Nomheit.«

»Dachte ich mir«, sagte Grimma. »Aber die Nomheit besteht aus einzelnen Nomen. Außerdem ist es falsch, Gefangenen ein Leid zuzufügen. Ich hab in einem Buch davon gelesen. Man nennt es *Genfer Konvention,* und sie bedeutet: Man darf keine hilflosen Gegner verletzen.«

»Scheint mir die beste Gelegenheit zu sein«, brummte ein Nom. »Man schlage den Gegner, wenn er sich nicht wehren kann — so lautet mein Motto. Wie dem auch sei: Menschen sind gar keine richtigen Leute.« Trotzdem trat er zurück.

»Komisch, wenn man ihre Gesichter aus der Nähe betrachtet.« Die Nomin neigte den Kopf zur Seite. »Sie sehen wie wir aus. Nur größer.«

Ein Wicht blickte in die Augen des Gefangenen. Furcht flackerte in ihnen.

»Hat eine haarige Nase«, stellte er fest. »Und die Ohren ...«

»Sind geradezu *riesig*«, sagte die Nomin.

»Sie könnten einem leid tun. Ich meine, Fast-Leute mit riesigen Nasen und Ohren, in denen Haare wachsen ...«

Grimma starrte ebenfalls in die Augen des Menschen. *Seltsam, fuhr es ihr durch den Sinn. Sie sind größer als wir; es mangelt ihnen also nicht an Platz für ein Gehirn. Und ihre großen Augen … Ob sie uns irgendwann einmal gesehen haben? Masklin meinte, daß wir hier schon seit Jahrtausenden leben. Nicht ›hier‹ im Steinbruch, sondern ›hier‹ auf dieser Welt. Zeit genug selbst für Menschen, uns zu bemerken.*

Ihnen muß klar gewesen sein, daß wir richtige Leute sind. Aber in ihrer Phantasie haben sie uns in Kobolde und Elfen verwandelt. Um ihre Welt nicht mit uns teilen zu müssen?

Der Gefangene erwiderte Grimmas Blick.

Könnten wir sie mit ihnen teilen? überlegte sie. *Die Menschen leben in einer großen langsamen Welt; unsere ist klein und schnell. Darüber hinaus scheint keine Verständigung möglich zu sein. Sie sehen uns nicht einmal, es sei denn, wir stehen ganz still, so wie ich jetzt. Wenn wir uns bewegen, nehmen sie höchstens Schemen wahr. Sie bezweifeln unsere Existenz.*

Grimma sah auch weiterhin in die großen, furchterfüllten Augen.

Wir haben nie versucht — wie nannte man es? — *miteinander zu kommunizieren. Jedenfalls nicht wirklich. Nicht wie richtige Leute mit richtigen Gedanken. Wie können wir den Menschen mitteilen, daß wir tatsächlich existieren und tatsächlich hier sind?*

Andererseits: Wenn man auf dem Boden lag, gefesselt von kleinen Leuten, an die man nicht glaubte — vermutlich eigneten sich solche Umstände kaum für den Anfang einer echten Kommunikation. *Vielleicht sollten wir zu einem anderen Zeitpunkt damit beginnen. Wir müssen es den Menschen irgendwie ermöglichen, uns zu verstehen. Ohne Schilder, ohne Schreie.*

Wäre es nicht toll, eine Vereinbarung mit ihnen zu treffen? Sie könnten die großen, langsamen Arbeiten für uns erledigen, und wir … Nun, wir kümmern uns um die kleinen, schnellen Dinge. Um knifflige Dinge, zu denen die dicken Finger nicht imstande sind. Aber wenn sie von uns verlangen, Blumen zu bemalen oder Schuhe zu reparieren …

»Grimma?« erklang eine Stimme hinter ihr. »Sieh dir das an, Grimma.«

Die Nomen standen an einem weißen Haufen auf dem Boden.

O ja. Die Zeitung des Menschen ...

Sie lag nun ausgebreitet auf den Dielen und ähnelte jener anderen, die Grimma gesehen hatte. Doch dieses Exemplar hieß LESEN SIE ES ZUERST IN DER SOURAWAY BLACKBURY EVENING POST & GAZETTE. Auch sie präsentierte Schrift in dicken Blockbuchstaben, manche von ihnen so groß wie der Kopf eines Wichts.

Grimma runzelte die Stirn, als sie versuchte, den Sinn der Worte zu verstehen. Bei den Büchern ergaben sich kaum Probleme, aber Zeitungen schienen eine ganz andere Sprache zu verwenden. Begriffe wie SKANDAL und KATASTROPHE wiederholten sich ständig, und verschwommene Bilder zeigten Menschen, die sich die Hände schüttelten — £ 455 SPENDEN FÜRS KRANKENHAUS. Mit den einzelnen Worten war soweit alles in Ordnung, aber der Zusammenhang zwischen ihnen blieb häufig schleierhaft und geheimnisvoll: KRACH UM KOMMUNALE KRIPPE.

»Nein, ich meine das hier«, sagte ein Nom. »Diese Seite. Sieh nur, einige der Worte standen auch in der anderen Zeitung! *Es geht um Enkel, 39!*«

Grimmas Blick glitt über einen Bericht: Er betraf jemanden, der irgendeinen Plan vereitelt oder durchkreuzt hatte, vielleicht mit einem großen Stift.

Dann fand sie ein undeutliches Bild von Enkel, 39, unter dem Hinweis: »PROBLEME MIT FERNSEHEN AM HIMMEL.«

Sie kniete nieder und starrte auf die kleineren Worte hinab.

»Lies laut vor!« bat ein Wicht.

»›Richard Arnold, der aus Blackbury stammende Aufsichtsratvorsitzende der Arnco Group, sagte heute in Florida, daß die Wissenschaftler noch immer versuchen, den viele Millionen Pfund teuren Kommu ... nika ... tionssatel ... liten Arnsat 1 unter Kontrolle zu bringen.‹«

Die Nomen sahen sich verwirrt an.

»Viele Millionen Pfund *teuer?*« murmelte einer. »Es müßte doch *schwer* heißen, oder?«

»›Nach dem erfolgreichen Start, der gestern in Florida stattfand‹«, fuhr Grimma fort, »›sollte heute mit den ersten Testsendungen begonnen werden. Doch der Satellit sendet keine Bilder, sondern seltsame Sig ... Signale. Wie eine Art C ... Code, meinte Richard 39 ...‹«

Die Zuhörer murmelten anerkennend.

»›Man könnte fast meinen, er hätte einen eigenen Willen entwickelt‹«, las Grimma.

Im Anschluß daran war von ›Kinderkrankheiten‹ die Rede — was auch immer das bei Satelliten bedeutete —, doch Grimma achtete nicht darauf.

Sie erinnerte sich daran, auf welche Weise Masklin von den Sternen gesprochen hatte und warum sie oben am Himmel blieben. Und dann das *Ding*. *Er hat es mitgenommen,* dachte Grimma. Das *Ding* konnte mit Elektrizität sprechen, nicht wahr? Es hörte dem Elektrischen in Drähten zu, außerdem dem Zeug in der Luft, das Dorcas ›Radio‹ nannte. Das *Ding* war bestimmt in der Lage, ›seltsame Signale‹ zu senden. *Vielleicht ist die Strecke noch größer als jene, die wir während der Langen Fahrt zurücklegten,* hatte Masklin gesagt.

»Sie leben«, verkündete Grimma. »Masklin, Gurder und Angalo. Sie haben Florida erreicht und leben.«

Weitere Erinnerungen: Manchmal hatte er versucht, ihr vom Himmel und dem *Ding* zu erzählen, vom Ursprung der Wichte. *Und ich habe ihn ebensowenig verstanden wie er mich, als ich ihm die Sache mit den Fröschen zu erklären versuchte.*

»Sie leben«, betonte Grimma. »Ich bin ganz sicher.

Über das Wie und Wo weiß ich nicht Bescheid, aber eins steht fest: Sie haben einen Plan und leben.«

Die Nomen wechselten bedeutungsvolle Blicke und vermittelten damit folgende stumme Botschaft: Sie macht sich etwas vor, aber *ich* bin nicht mutig genug, sie darauf hinzuweisen.

Oma Morkie klopfte ihr sanft auf die Schulter.

»Ja, natürlich«, sagte sie in einem tröstenden Tonfall. »Und zum Glück war der Start erfolgreich. Ich meine, jeder braucht einen guten Start. Und *du* brauchst jetzt Ruhe, Mädchen. Schlaf dich aus.«

Grimma träumte.

Es war ein wirrer Traum. Das sind Träume fast immer — nur selten kommen sie gut geordnet und sortiert. Grimma träumte von lauten Geräuschen und blitzenden Lichtern. Und von Augen.

Von kleinen gelben Augen. Von Masklin, der auf einem Zweig stand, an Blättern vorbeikletterte und in kleine gelbe Augen hinabsah.

Ich sehe, was er gerade sieht, dachte Grimma. *Er lebt. Natürlich habe ich nie daran gezweifelt. Seltsam: Im All gibt's erstaunlich viele Blätter. Oder... Vielleicht ist das gar nicht die Wirklichkeit. Vielleicht träume ich nur...*

Jemand weckte sie.

Es ist nie klug, über die Bedeutung von Träumen zu spekulieren, und deshalb verzichtete Grimma darauf.

In jener Nacht schneite es wieder, und ein eiskalter Wind wehte. Einige Wichte suchten bei den Hütten und Schuppen, fanden ein wenig Gemüse, das nicht von Lastwagenreifen zermalmt beziehungsweise von Stiefeln zertreten worden war. Doch es genügte nicht, um alle hungrigen Nomenmägen zu füllen. Der gefesselte Mensch schlief nach einer Weile ein, und sein Schnarchen klang wie eine dünne Säge, die sich langsam durch einen dicken Baumstamm arbeitete.

»Morgen früh kehren die anderen Menschen zurück«, warnte Grimma. »Dann dürfen wir nicht mehr hier sein. Vielleicht sollten wir ...«

Sie unterbrach sich. Alle horchten.

Unter den Dielen bewegte sich etwas.

»Ist noch jemand dort unten?« flüsterte Grimma.

Die Nomen in ihrer Nähe schüttelten den Kopf. Niemand wollte unterm Boden hocken, solange es eine Möglichkeit gab, die Wärme im Büro zu genießen.

»Und es können keine Ratten sein«, fügte sie hinzu.

Dann rief jemand, mit der gedämpften Stimme eines Wichts, der zwar gehört werden will, gleichzeitig jedoch möglichst leise sein möchte.

Sacco.

Sie zogen das von den Menschen gelöste Bodenbrett beiseite und halfen ihm hoch. Schlamm klebte am jungen Nom, und er taumelte erschöpft.

»Ich konnte niemanden finden!« keuchte er. »Ich habe überall nachgesehen und konnte niemanden finden, und wir beobachteten, wie die Lastwagen zum Steinbruch fuhren, und ich habe das Licht gesehen und dachte, die Menschen sind noch immer da, und dann bin ich unter die Dielen gekrochen und habe eure Stimmen gehört, und es ist wegen Dorcas!«

»Er lebt?« fragte Grimma.

»Wenn nicht ...« Sacco schwankte. »Für einen Toten kann er bemerkenswert laut fluchen.«

»Wir dachten, ihr seid alle t ...«, begann Grimma.

»Es geht uns allen gut, bis auf Dorcas. Er hat sich verletzt, als er aus dem Laster sprang! Kommt mit, *bitte!*«

»Du bist nicht in der Verfassung, uns irgendwohin zu führen«, stellte Grimma fest. Sie stand auf. »Wo ist Dorcas?«

»Wir haben ihn getragen, und als wir die Hälfte des Weges hinter uns hatten, waren alle sehr müde, und ich bin allein weitergegangen«, stieß Sacco hervor. »Sie sind unter der Hecke und ...« Er sah den schnarchenden Menschen, riß die Augen auf und starrte Grimma an.

»Ihr habt einen *Menschen* gefangen?« Er taumelte erneut. »Bin völlig fertig«, murmelte er und fiel.

Grimma hielt Sacco fest und ließ ihn behutsam zu Boden sinken.

»Bringt ihn an einen warmen Ort und holt etwas zu essen«, wandte sie sich an die Nomen im großen und ganzen. »Einige von euch begleiten mich; wir suchen nach den anderen. Kommt. Dies ist keine Nacht, die man draußen verbringen sollte.«

Die Mienen der Wichte wiesen deutlich darauf hin, daß sie diesen Standpunkt teilten. Außerdem schienen sie der Ansicht zu sein, daß sie selbst zu den Leuten gehörten, die eine derartige Nacht nicht draußen verbringen sollten.

»Es schneit ziemlich stark«, sagte ein Nom unsicher. »Soviel Schnee und dann die Dunkelheit — wir finden sie nie.«

Grimma bedachte ihn mit einem durchdringenden Blick.

»Vielleicht doch«, erwiderte sie. »*Vielleicht* finden wir Dorcas und die anderen, trotz des Schnees und der Finsternis. Aber eins weiß ich: Wir finden sie *bestimmt nicht,* wenn wir im Büro bleiben, wo's warm und hell ist.«

Mehrere Wichte traten vor. Grimma erkannte sowohl Nootys Eltern als auch die der anderen Jungs. Dann kam es zu Unruhe unter dem Tisch, wo die Alten hockten, um gemeinsam zu jammern.

»Ich komme mit«, ließ sich Oma Morkie vernehmen. »Ein bißchen frische Luft kann nicht schaden. Warum starrt ihr mich so an?«

»Ich glaube, du solltest hierbleiben, Oma«, sagte Grimma taktvoll.

»Spar dir den Nehmt-Rücksicht-auf-alte-Leute-Unsinn, Mädchen.« Oma Morkie richtete ihren Gehstock auf sie. »Ich bin schon lange vor deiner Geburt im tiefen Schnee unterwegs gewesen.« Sie drehte sich zu den anderen Nomen um. »Eine Kleinigkeit, wenn man vorsichtig ist und immer ruft, so daß alle wissen, wo sich jeder befindet. Ich habe bei der Suche nach meinem Onkel Joe geholfen, bevor ich ein Jahr alt war«, fügte sie stolz hinzu. »Schrecklicher Schnee, damals. Kam ganz plötzlich vom Himmel runter, als die Männer jagten. Wir fanden fast alles von meinem Onkel.«

»Ja, ja, schon gut, Oma«, warf Grimma hastig ein. Sie sah zu den übrigen Wichten. »Nun, *wir* brechen auf.«

Schließlich gingen insgesamt fünfzehn Nomen nach draußen, die meisten aus reiner Verlegenheit.

Im gelben Licht, das durch die Hüttenfenster filterte, wirkten die Schneeflocken wunderschön. Doch als die Wichte den Boden erreichten, wurde das weiße Wirbeln recht unangenehm.

Die Kaufhaus-Nomen haßten den Schnee im Draußen. Der Schnee im Kaufhaus ... Während der Saison Weihnachten sprühte man ihn auf verschiedene Waren. Doch er war nicht kalt. Und Schneeflocken bestanden aus Pappe oder so, glitzerten hübsch und hingen an Fäden von der Decke herab. *Richtige* Schneeflocken. Keine schauderhaften Dinge, die in der Luft ganz nett aussahen, sich jedoch in eine kalte feuchte Masse verwandelten, sobald sie den Boden berührten.

Sie reichte den Wichten bereits bis zu den Knien.

»Das Gehen darin ist ganz einfach«, sagte Oma Morkie. »Man hebt die Füße möglichst hoch und stößt sie dann in den Schnee hinein.«

»Hineinstoßen«, murmelten die anderen.

Das durch die Fenster dringende Licht erhellte einen großen Teil des Steinbruchs, doch der Weg war ein schwarzer Tunnel in die Nacht.

»Verteilt euch«, riet Grimma ihren Begleitern, »und bleibt zusammen.«

»Verteilen und zusammenbleiben«, wiederholten die Nomen.

Ein alter Wicht hob die Hand.

»Die Nacht bringt doch keine Rotkehlchen, oder?« fragte er vorsichtig.

»Nein, natürlich nicht«, antwortete Grimma.

»Nein, die Nacht bringt keine Rotkehlchen, du Dummkopf«, sagte Oma Morkie.

Die Nomen seufzten erleichtert.

»Die Nacht bringt Füchse«, fuhr Oma selbstgefällig fort. »Große Füchse. Im Winter sind sie immer besonders hungrig. Und Eulen.« Sie kratzte sich am Kinn. »Sind ziemlich schlau, die Eulen. Man hört sie erst, wenn sie einen fast erreicht haben.« Sie klopfte mit ihrem Gehstock an die Wand. »Seid immer auf der Hut. Mit dem rechten Fuß zuerst ... Oder vielleicht besser mit dem linken, wenn's euch nicht so ergehen soll wie meinem Onkel Joe. Ein Fuchs erwischte seinen rechten Fuß, und dadurch bekam er ein Holzbein. War deshalb stinksauer, mein Onkel Joe.«

Oma Morkie hatte eine ganz besondere Art, Leute aufzumuntern: Sie brachte ihre Zuhörer immer in Bewegung. Alles war besser, als weiterhin von ihr aufgemuntert zu werden.

Die Schneeflocken sammelten sich auf den Grashalmen und Zweigen zu beiden Seiten des Wegs. Gelegentlich fielen einige von ihnen herunter, manchmal auf den Boden, häufiger auf Wichte. Sie stapften durch die Dunkelheit und spähten skeptisch unter die Hecke, während es auch weiterhin weiß und stumm vom Himmel herabrieselte. In allen besonders dunklen Schatten schienen Rotkehlchen, Eulen und andere Schrecken des Draußen zu lauern.

Schließlich verblaßte das Licht der Hütte hinter ihnen, und es blieb nur der Glanz des Schnees. Ab und zu rief ein Nom, und dann lauschten sie alle.

Es war sehr kalt.

Oma Morkie verharrte jäh.

»Ein Fuchs«, sagte sie. »Ich rieche ihn. Kein Zweifel. Ein Fuchs.«

Die Wichte drängten sich zusammen und starrten besorgt in die Nacht.

»Vielleicht ist er nicht mehr in der Nähe«, fuhr Oma fort. »Es dauert eine Weile, bis der Geruch verschwindet.«

Die Nomen entspannten sich ein wenig.

»Ich *bitte* dich, Oma …«, murmelte Grimma.

»Ich wollte nur helfen«, schniefte Oma Morkie. »Wenn du keinen Wert auf meine Hilfe legst, dann brauchst du es nur zu sagen.«

»Wir gehen völlig falsch vor«, meinte Grimma. »Wir suchen nach *Dorcas,* nicht wahr? Und er wartet wohl kaum im Freien auf uns, oder? Er weiß über Füchse Bescheid. Sicher hat er seine Jungs beauftragt, einen einigermaßen sicheren Ort zu suchen.«

Nootys Vater trat vor.

»Wenn man beobachtet, *wie* der Schnee fällt …« Er zögerte. »Die Klimaanlage weht ihn *dorthin.*« Er deutete in die entsprechende Richtung. »Deshalb häuft er sich vor allem an dieser Seite von Dingen an. Ich schätze, Dorcas und die anderen möchten so weit wie möglich von der Klimaanlage entfernt sein.«

»Im Draußen heißt es Wind«, sagte Grimma sanft. »Aber du hast recht. Und das bedeutet …« Sie sah zum Gebüsch. »Es bedeutet, daß sie auf der anderen Seite der Hecke sind. Im Feld, an der Böschung. Kommt.«

Sie kletterten durch das Gewirr aus welken Blättern und Zweigen, von denen Schnee herabfiel. Nach einer Weile gelangten sie zum Feld.

Eine leere Wüste erstreckte sich vor ihnen. Hier und dort ragten einige Grasbüschel aus dem endlosen Weiß. Mehrere Nomen stöhnten.

Es ist die Weite, überlegte Grimma. *Der Steinbruch macht ihnen nichts aus, ebensowenig das Dickicht darüber oder der Weg. Der größte Teil davon ist umschlossen, und man kann glauben, von Wänden umgeben zu sein. Aber diese Weite …*

»Bleibt dicht an der Hecke«, sagte sie und versuchte, fröhlich zu klingen. »Dort liegt der Schnee nicht ganz so hoch.«

Oh, Arnold Bros (gegr. 1905), dachte Grimma. *Dorcas glaubt nicht an dich, und ich erst recht nicht, aber wenn du lange genug existieren könntest, um uns zu dem alten Ingenieur und seinen Assistenten zu führen — das wüßten wir sehr zu schätzen. Und wenn du dafür sorgst, daß es nicht mehr schneit, wenn du uns eine sichere Rückkehr zum Steinbruch ermöglichst — das wäre eine große Hilfe.*

Sei keine Närrin, ermahnte sie sich. *Masklin hat immer gesagt: Wenn es Arnold Bros gibt, so ist er in unseren Köpfen und hilft uns beim Denken.*

Sie starrte auf den Schnee hinab.

Warum ist da ein Loch drin? fragte sie sich.

❖ 12 ❖

> IV. Es gibt keine Zuflucht für uns, und doch müssen wir aufbrechen.
>
> Aus dem *Buch der Nomen*, Ausgänge, Kapitel 3, Vers IV

»Kaninchen, dachte ich«, sagte Grimma.

Dorcas klopfte ihr auf die Hand.

»Ausgezeichnet«, krächzte er.

»Wir standen mitten auf dem Weg, als Sacco uns verließ«, erzählte Nooty. »Und es wurde immer kälter, und Dorcas bat uns, ihn zur anderen Seite der Hecke zu bringen, und ich sagte, daß man manchmal Kaninchen auf dem Feld sehen kann, und daraufhin sagte *er:* Sucht einen Kaninchenbau. Tja, und wir fanden einen. Ich dachte schon, wir müßten hier die ganze Nacht verbringen.«

»Au!« stöhnte Dorcas.

»Stell dich nicht so an«, erwiderte Oma Morkie fröhlich, als sie das Bein untersuchte. »Wenn du glaubst, *das* tut weh … Dann hast du gar keine Ahnung, was Schmerzen sind. Nun, scheint nichts gebrochen zu sein. Nur eine scheußliche Verstauchung.«

Die Kaufhaus-Wichte sahen sich interessiert und auch mit einer gewissen Anerkennung im Bau um. Hier gab es ordentliche Wände.

»Eure Vorfahren haben wahrscheinlich in solchen Höhlen gelebt«, sagte Grimma. »Natürlich mit Regalen und so.«

»Hübsch«, meinte ein Nom. »Gemütlich. Fast wie unter dem Boden.«

»Allerdings riecht es hier drin«, kritisierte ein anderer.

»Das liegt an den Kaninchen.« Dorcas nickte dorthin, wo die Dunkelheit dunkler wurde. »Wir haben sie gehört, aber sie halten sich von uns fern. Übrigens: Nooty erwähnte einen Fuchs, der draußen herumgeschnüffelt hat.«

»Wir sollten so schnell wie möglich zurückkehren«, sagte Grimma. »Ich *glaube* nicht, daß sich ein Fuchs dazu hinreißen ließe, uns anzugreifen. Immerhin: Die hiesigen Füchse kennen uns. Friß einen Wicht und stirb — das haben sie gelernt.«

Die Nomen scharrten mit den Füßen. Grimma hatte natürlich recht, doch in diesem Zusammenhang gab es ein Problem: Der betreffende Wicht wurde *trotzdem* gefressen, und sicher tröstete es ihn kaum zu wissen, daß der Fuchs anschließend dafür büßen würde.

Außerdem: Sie waren durchnäßt und froren. Im Steinbruch hätte ein Kaninchenbau sicher keinen großen Reiz auf sie ausgeübt, aber jetzt schien er wesentlich attraktiver zu sein als die entsetzliche Nacht. Sie riefen in die Finsternis und stapften an mehreren Kaninchenlöchern vorbei. Nach einer Weile hörten sie Nootys Stimme.

»Ich bin nach wie vor der Ansicht, daß wir uns keine allzu großen Sorgen machen müssen«, sagte Grimma. »Füchse lernen schnell, nicht wahr, Oma?«

»Wie bitte?« erwiderte Oma Morkie.

»Ich habe gerade darauf hingewiesen, daß Füchse schnell lernen«, wiederholte Grimma sichtlich verzweifelt.

»O ja, da hast du recht«, bestätigte Oma. »Der durchschnittliche Fuchs scheut keine Mühen, um seine Zähne in etwas Leckeres zu bohren. Vor allem bei kaltem Wetter.«

»Das meinte ich nicht! Warum drückst du dich immer so aus, daß alles *schlimm* klingt?«

»Das war keineswegs meine Absicht«, entgegnete Oma Morkie und schniefte.

»Wir müssen zum Steinbruch zurück«, betonte Dorcas. »Dieser Schnee wird nicht einfach so verschwinden, oder? Ich komme zurecht, wenn ich mich auf etwas stützen kann.«

»Wir könnten eine Bahre für dich bauen«, schlug Grimma vor. »Obwohl ... Ich weiß gar nicht, ob die Rückkehr zum Steinbruch lohnt.«

»Wir haben gesehen, wie Menschen über den Weg fuhren«, sagte Nooty. »Aber wir mußten durch den Dachstunnel gehen, und der Pfad war nicht mehr zu erkennen. Dann versuchten wir, das Feld zu überqueren, was sich als Fehler herausstellte, wegen der tiefen Furchen im Acker. Und wir hatten nichts zu essen«, fügte sie hinzu.

»Gebt euch keinen übermäßigen Hoffnungen hin«, wandte Grimma ein. »Die Menschen haben kaum etwas von unseren Vorräten übriggelassen. Sie halten uns für Ratten.«

»Nun, das ist nicht weiter schlimm«, kommentierte Dorcas. »Im Kaufhaus haben wir sie dazu ermutigt, uns für Ratten zu halten. Sie stellten Fallen auf. Als ich ein junger Bursche war, jagten wir Ratten im Keller, und dann führten wir sie zu den Fallen.«

»Jetzt benutzen die Menschen vergiftetes Essen«, sagte Grimma.

»Das gefällt mir nicht.«

»Komm. Bringen wir dich heim.«

Draußen schneite es noch immer, aber die Flocken fielen jetzt nicht mehr so dicht und erweckten den Eindruck, aus einem billigen Sonderangebot zu stammen. Am östlichen Horizont zeigte sich eine rote Linie — nicht die Morgendämmerung, sondern nur ein erster Hinweis darauf. Das Licht wirkte alles andere als heiter und fröhlich. Wenn die Sonne aufging, würde sie in einem Kerker aus Wolken gefangen sein.

Die Nomen sammelten einige Wiesenkerbel-Halme und konstruierten für Dorcas eine Art Stuhl, den vier Wichte tragen konnten. An der windgeschützten Seite der Hecke lag tatsächlich weniger Schnee, doch dafür hielt sie ein Durcheinander aus welken Blättern, Zweigen und anderen Dingen bereit. Dadurch kam die Gruppe nur langsam voran.

Für Menschen ist alles viel leichter, dachte Grimma, als handlange Dornen ihre Kleidung zerrissen. *Masklin hat recht: Diese Welt gehört ihnen. Alle Dinge haben genau die richtige Größe für sie. Die Menschen können jeden beliebigen Ort aufsuchen; niemand vertreibt sie. Wir glauben, frei zu sein, aber wir leben doch nur in abgelegenen Winkeln der Welt, zum Beispiel unter dem Fußboden und so. Und wir stehlen den Menschen auch dies und jenes, um zu* über*leben.*

Die übrigen Wichte schlurften in müdem Schweigen. Die einzigen Geräusche — abgesehen vom Knirschen des Schnees und der Blätter unter Nomenfüßen — stammten von Oma Morkie, die sich eine Mahlzeit genehmigte. Sie hatte Weißdornbeeren gefunden und kaute sie mit offensichtlichem Genuß. Ihre Begleiter lehnten die bitteren Früchte ab.

»Wahrscheinlich muß man sich an ihren Geschmack gewöhnen«, brummte Oma und sah Grimma an.

Vielleicht müssen *wir uns daran gewöhnen,* dachte Grimma und ignorierte Oma Morkies beleidigten Blick. *Wenn wir zurück sind ... Unsere einzige Chance besteht darin, den Steinbruch in kleinen Gruppen zu verlassen, aufs Land zu ziehen, wieder in Kaninchenbauten zu leben und uns von den Dingen zu ernähren, die wir irgendwo finden. Einigen Gruppen gelingt es vielleicht, den Winter zu überstehen, wenn die Alten gestorben sind.*

Es bedeutet: Wir müssen Abschied nehmen von Elektrizität, von Büchern, von Bananen ...

Aber ich bleibe im Steinbruch, bis Masklin zurückkehrt.

»Kopf hoch, Mädchen.« Oma Morkie versuchte,

freundlich zu lächeln. »Sei nicht so trübsinnig. Ich sage immer: Vielleicht passiert's nie.«

Selbst Oma war bestürzt, als Grimma ihr ein Gesicht zuwandte, das ebenso weiß zu sein schien wie der Schnee. Die junge Nomin klappte den Mund auf und schloß ihn wieder.

Dann sank sie langsam auf die Knie und schluchzte.

Die Wichte hatten nie zuvor etwas Schrecklicheres gehört. Grimma schrie, schimpfte, rügte und befahl. Es war völlig *falsch,* daß sie weinte; dadurch stand die ganze Welt Kopf.

»Ich wollte sie nur ein wenig aufmuntern«, murmelte Oma Morkie.

Die verlegenen Nomen bildeten einen Kreis, und niemand von ihnen wagte es, sich Grimma zu nähern. Jetzt war alles möglich. Wenn ihr jemand auf die Schulter klopfte und ›Na, na‹ sagte — wer weiß, was dann geschehen mochte? Vielleicht biß sie die Hand ab oder so.

Dorcas musterte die Wichte rechts und links, seufzte und stand mühsam auf. Er humpelte zu Grimma und hielt sich an einem Dornzweig fest.

»Du hast uns gefunden, und jetzt kehren wir zum Steinbruch zurück, und dann ist alles in Ordnung«, sagte er in einem beruhigenden Tonfall.

»Eben nicht! Wir müssen weiterziehen!« Die Nomin schluchzte erneut. »Ihr hättet im Kaninchenbau bleiben sollen! Es wird alles noch viel schlimmer!«

»Nun, ich schätze, jetzt übertreibst du ein bißchen ...«, begann Dorcas.

»Wir haben nichts zu essen, und wir können die Menschen nicht aufhalten, und wir sitzen im Steinbruch fest, und ich habe versucht, alle zusammenzuhalten, und jetzt kommt's noch viel schlimmer!«

»Wir hätten sofort zur Scheune gehen sollen«, meinte Nooty.

»Diese Möglichkeit besteht nach wie vor«, erwiderte

Grimma. »Für die jungen Nomen. Flieht von hier. Bevor die Menschen kommen.«

»Aber die Kinder können den weiten Weg bis zur Scheune nicht zurücklegen«, gab Dorcas zu bedenken. »Und für die Alten stellt der Schnee ein unüberwindliches Hindernis dar. Das *weißt* du, Grimma. Du bist nur verzweifelt.«

»Wir haben alles versucht! Und trotzdem wird es immer schlimmer! Wir dachten, es sei herrlich, im Draußen zu leben, aber jetzt holt uns die bittere Wirklichkeit ein!«

Dorcas starrte sie verblüfft an.

»Es hat keinen Sinn mehr«, fuhr Grimma fort. »Wir sollten aufgeben. Wir sollten einfach aufgeben und hier sterben.«

Entsetzte Stille folgte.

Schließlich brach Dorcas das Schweigen.

»Äh«, sagte er. »Äh. Ist das dein Ernst? Ich meine, ist das dein *ernster* Ernst?«

Sein Tonfall veranlaßte Grimma, den Kopf zu heben.

Alle Nomen beobachteten sie.

Und ein Fuchs blickte auf die Wichte hinab.

Es handelte sich um eine von jenen Gelegenheiten, die dafür sorgt, daß sich Sekunden wie ein Gummiband dehnen. Grimma sah das gelbgrüne Glühen in den Augen des Tiers, den zu einer grauen Wolke kondensierenden Atem. Die Zunge baumelte aus dem Maul.

Der Fuchs schien überrascht zu sein.

Er war neu in dieser Gegend und noch nie zuvor Nomen begegnet. Sein nicht sehr komplexer Verstand sah sich nun mit einem für ihn recht erstaunlichen Phänomen konfrontiert: Die *Gestalt* der Wichte — zwei Arme, zwei Beine, oben ein Kopf — erinnerte an Menschen, und Menschen bedeuteten normalerweise Gefahr; doch die Größe entsprach genau der eines Bissens.

Grauen lähmte Dorcas und die anderen. Ein Fluchtversuch war völlig sinnlos: Füchse hatten doppelt so viele Beine, um fliehende Wichte zu verfolgen. Man konnte ohnehin nicht entkommen — warum vor dem Tod außer Atem geraten?

Etwas knurrte.

Die Nomen stellten erstaunt fest, daß dieses Geräusch von Grimma stammte.

Sie ergriff Oma Morkies Gehstock, trat vor und schlug ihn auf die Nase des Fuchses. Das Tier jaulte und blinzelte dumm.

»Verschwinde!« rief Grimma. »Wie kannst du es wagen, uns zu belästigen!« Sie schlug erneut zu. Ihr Opfer duckte sich, neigte den Kopf zur Seite. Die junge Nomin trat einen weiteren Schritt vor, und ihr dritter Hieb traf das Tier an der Schnauze.

Der Fuchs rang sich zu einer Entscheidung durch. Weiter unten an der Hecke gab es Kaninchen, und Kaninchen schlugen nicht mit Stöcken. Kaninchen waren viel friedlicher.

Er heulte und wich zurück, ohne Grimma aus den Augen zu lassen. Dann drehte er sich rasch um, lief fort und verschwand in der Dunkelheit.

Die Nomen atmeten auf.

»Meine Güte«, hauchte Dorcas.

»Tut mir leid, aber ich kann Füchse einfach nicht ausstehen«, brachte Grimma hervor. »Und Masklin meinte immer, wir müßten ihnen zeigen, wer der Boß ist.«

»Ich erhebe keine Einwände«, erwiderte Dorcas.

Grimma betrachtete den Gehstock.

»Was habe ich vorhin gesagt?« fragte sie.

»Du hast gesagt, wir sollten aufgeben und hier sterben«, antwortete Oma Morkie.

Grimma starrte sie an. »Nein, habe ich nicht. Ich war nur müde und abgespannt, das ist alles. Kommt. Wir holen uns den Tod, wenn wir noch länger herumstehen.«

»Oder der Tod holt uns.« Sacco starrte in die Finsternis und stellte sich vor, daß überall Füchse lauerten.

»Das ist nicht komisch«, schnappte Grimma und schritt fort.

»Es sollte auch gar nicht komisch sein«, entgegnete Sacco und schauderte.

Weit oben, von den Wichten unbemerkt, glitt ein sonderbarer Stern im Zickzack über den Himmel. Er wirkte recht klein. Oder vielleicht sah er nur klein aus, weil er weit entfernt war. Wenn man ihn aufmerksam genug beobachtete, erwies er sich als Scheibe. Aufgrund seiner Gegenwart wurden überall auf der Welt Nachrichten durch die Luft geschickt.

Er schien nach etwas zu suchen.

Lichter flackerten im Steinbruch, als sie zurückkehrten. Mehrere andere Nomen wollten gerade aufbrechen, um nach ihnen zu suchen. Die Vorstellung, durch Schnee und Nacht zu stapfen, erfüllte sie zwar nicht mit Begeisterung, aber sie hatten das Verwalterbüro dennoch verlassen, um draußen Ausschau zu halten.

Die Nomen jubelten, als sie erfuhren, daß alle Vermißten überlebt hatten, und angesichts der allgemeinen Freude vergaß Grimma fast den Umstand, daß sie sicher zu einem sehr unsicheren Ort zurückgekehrt waren. Das Buch mit den Sprichwörtern enthielt einen Satz, der alles zusammenfaßte. Es ging dabei um Regen und eine Traufe, was auch immer das sein mochte.

Grimma führte die Rettungsgruppe ins Büro und hörte zu, als Sacco das Abenteuer in allen Einzelheiten beschrieb und sich dabei immer wieder unterbrechen mußte, um Zwischenfragen zu beantworten. Er schilderte, wie der erschrockene Dorcas aus dem Lastwagen sprang und gerade noch rechtzeitig von den Schienen getragen wurde, bevor der Zug herankam. Anschließend erzählte er vom langen Marsch bis zum Weg. Es klang alles überaus mutig und aufregend. *Und sinnlos,* dachte Grimma, doch diesen Gedanken behielt sie für sich.

»Eigentlich war es gar nicht so schlimm«, sagte Sacco. »Ich meine, vom Laster blieb kaum etwas übrig, aber der Zug blieb auf den Gleisen. Wir haben alles genau gesehen«, beendete er seinen Vortrag. »Und ich bin halb verhungert.«

Sein strahlendes Lächeln verblaßte wie das Tageslicht nach dem Sonnenuntergang.

»Es gibt nichts zu essen?« fragte er.

»Noch viel weniger«, antwortete ein Nom. »Wenn du uns Brot besorgst, könnten wir es mit Schnee belegen.«

Sacco dachte darüber nach.

»Die Kaninchen«, sagte er. »Die Kaninchen auf dem Feld ...«

»Es ist dunkel draußen«, murmelte Dorcas. Er schien über irgend etwas nachzudenken.

»Äh, ja«, gestand Sacco ein.

»Und im dunklen Draußen treibt sich ein Fuchs herum«, warnte Nooty.

Grimma entsann sich an ein anderes Sprichwort.

»In der Not frißt der Teufel Fliegen.«

Die anderen Wichte musterten sie im unsteten Schein brennender Streichhölzer.

»Der Teufel?« Nooty runzelte die Stirn. »Wer ist das?«

»Eine schreckliche Person, die tief im Boden lebt, an einem sehr heißen Ort«, erklärte Grimma. »Glaube ich.«

»Wie der Kesselraum im Kaufhaus?«

»Vielleicht.«

»Und er frißt Fliegen?« erkundigte sich Sacco verwundert.

»Ich bezweifle, ob er wirklich Fliegen verspeist«, sagte Grimma. »Wahrscheinlich bedeutet es: Wenn man überhaupt nichts hat, begnügt man sich mit Dingen, die man sonst verschmäht.«

»Aber ausgerechnet Fliegen ...«

Dorcas hüstelte. Er wirkte beunruhigt. Nun, *alle* waren beunruhigt, doch als die Beunruhigung verteilt wurde, hatte der Ingenieur offenbar eine doppelte Portion erhalten.

»Na schön«, brummte er.

Irgend etwas in seiner Stimme weckte die Aufmerksamkeit der Nomen.

»Begleitet mich«, sagte er. »Und glaubt mir: Ich bedauere sehr, daß dies nötig wird.«

»Wohin sollen wir dich denn begleiten?« fragte Grimma.

»Zu den alten Schuppen an der Klippe«, erwiderte Dorcas.

»Aber sie könnten jederzeit einstürzen. Du hast immer wieder darauf hingewiesen, wie gefährlich sie sind.«

»Das stimmt auch. Sie *sind* gefährlich. Sie enthalten viele Dinge, die Kinder nicht anrühren sollten und so ...«

Der Ingenieur zupfte sich nervös am Bart.

»Aber«, sagte er. »Aber es gibt dort auch noch etwas anderes. Etwas, an dem ich gearbeitet habe. In gewisser Weise.«

Er begegnete Grimmas Blick. »Etwas, das *mir* gehört. Nie zuvor habe ich etwas Phantastischeres gesehen. Es ist noch besser als Frösche in einer Blume.«

Er hüstelte erneut. »Wie dem auch sei: Dort mangelt es nicht an Platz. Der Boden besteht nur aus Erde, doch die Schuppen sind groß, und, äh, man kann sich dort gut verstecken.«

Das Schnarchen des Menschen ließ die ganze Hütte erzittern.

»Außerdem möchte ich dem Ding dort nicht mehr so nahe sein«, fügte Dorcas hinzu.

Die anderen Nomen murmelten zustimmend.

»Habt ihr euch schon überlegt, was ihr damit anstellen wollt?« fragte der Ingenieur.

»Einige von uns wollten den Gefangenen töten, aber

ich halte das nicht für eine gute Idee«, antwortete Grimma. »Die übrigen Menschen wären sicher sehr verärgert.«

»Darüber hinaus scheint es nicht richtig zu sein«, sagte Dorcas.

»Ich weiß, was du meinst.«

»Nun, was fangen wir mit ihm an?«

Grimma sah in das riesige Gesicht. *Alles* war riesig: jede Pore, jedes einzelne Haar. Seltsam: Für kleinere Geschöpfe, zum Beispiel für Ameisen, mochte das Gesicht eines Wichts ähnlich aussehen. Wenn man genauer darüber nachdachte: Klein und Groß wurden von der jeweiligen Perspektive bestimmt, insbesondere von den eigenen Ausmaßen.

»Wir lassen ihn hier«, sagte Grimma schließlich. »Aber ... Haben wir Papier?«

»Auf dem Schreibtisch liegt jede Menge«, erwiderte Nooty.

»Bitte hol einen Zettel. Dorcas, du hast doch immer etwas zu schreiben dabei, nicht wahr?«

Der Ingenieur suchte in seinen Taschen und fand einen Brocken Bleistiftgraphit.

»Geh vorsichtig damit um«, mahnte er. »Vielleicht kann ich mir nicht mehr davon beschaffen.«

Kurze Zeit später kam Nooty mit einem gelben Stück Papier zurück. Ganz oben bildeten dicke schwarze Buchstaben die Worte: Blackbury Sand & Kies GmbH. Darunter stand: Rechnung.

Grimma überlegte einige Sekunden lang, befeuchtete den Graphitstummel und begann zu schreiben.

»Was machst du da?« fragte Dorcas.

»Ich bemühe mich, mit dem Menschen zu kommunizieren«, erläuterte die junge Nomin. Sie konzentrierte sich und malte ein neues Wort.

»Ich habe immer gedacht, daß es einen Versuch wert ist«, sagte Dorcas. »Aber hältst du dies für den geeigneten Zeitpunkt?«

»Ja«, bestätigte Grimma und beendete das letzte Wort.

»Was meinst du?« Sie reichte Dorcas den Graphitbrocken und hob das Stück Papier.

Einige Buchstaben waren ein wenig krakelig, und die Worte verrieten, daß sich Grimma mit dem Lesen besser auskannte als mit Grammatik und Rechtschreibung. Doch die beiden Sätze vermittelten eine klare, unmißverständliche Botschaft.

Dorcas las. »Ich hätte mich anders ausgedrückt.«

»Mag sein. Aber dies habe *ich* geschrieben.«

»Ja.« Der Ingenieur neigte den Kopf zur Seite. »Nun, es handelt sich eindeutig um Kommunikation. Mehr Kommunikation ist kaum möglich. Ja.«

Grimma trachtete danach, zuversichtlich zu klingen, als sie sagte:

»Führ uns jetzt zu den Schuppen.«

Zwei Minuten später befanden sich keine Nomen mehr im Verwalterbüro. Der Mensch lag auf dem Boden und schnarchte, die eine Hand ausgestreckt.

Die Finger hielten jetzt ein Stück Papier.

Darauf stand: Blackbury Sand & Kies GmbH.

Und darunter: Rechnung.

Und darunter: Wir häten dich uhmbringen könen. LAS UNS IN RUHE.

Draußen wich die Nacht dem Morgengrauen, und es schneite nicht mehr.

»Bestimmt fallen den Menschen unsere Fußspuren auf«, sagte Sacco. »So viele Spuren können sie gar nicht übersehen.«

»Spielt keine Rolle«, erwiderte Dorcas. »Es kommt nur darauf an, daß niemand zurückbleibt.«

»Bist du sicher?« fragte Grimma. »Bist du *sicher,* daß es eine gute Idee ist?«

»Nein.«

Sie schlossen sich den anderen Nomen an, die durch

einen Riß im Wellblech kletterten. Kurz darauf standen sie in dem riesigen Schuppen.

Grimma sah sich um. Rost und Zeit hatten große Löcher in Wände und Decke gefressen. Alte Büchsen und Drahtrollen lagen in den Ecken, neben seltsam geformten Metallteilen und Marmeladengläsern, die Nägel enthielten. Alles roch nach Öl.

Nach einer Weile wandte sich Grimma an den Ingenieur. »Wo ist das Ding, das du uns zeigen willst?«

Dorcas deutete in die Schatten am Ende des Schuppens, und dort bemerkte die junge Nomin ein unförmiges Gebilde.

»Sieht aus wie — wie ein großes Tuch.«

»Das, äh, Objekt steht darunter. Sind alle da?« Dorcas hob die Hände trichterförmig vor den Mund. *»Sind alle da?«* rief er. Dann drehte er sich zu Nooty um.

»Ich muß wissen, wo alle sind. Ich möchte nicht, daß sich jemand fürchtet, aber wir sollten vermeiden, daß irgendwelche Leute im Weg stehen.«

»Im Weg?« wiederholte Grimma. Dorcas schenkte ihr keine Beachtung.

»Sacco, nimm dir einige Jungs und hol die Sachen aus der Hecke«, sagte er. »Wir brauchen die Batterie, und ich weiß nicht, ob der Treibstoff genügt.«

»Dorcas!« Grimma klopfte ungeduldig mit dem Fuß auf den Boden. »Was geht hier vor?«

Manchmal passierte so etwas mit dem Ingenieur. Wenn er an Maschinen und mechanische Dinge dachte, ignorierte er andere Nomen. Dann veränderte sich auch seine Stimme.

Er richtete den Blick so auf Grimma, als sähe er sie jetzt zum erstenmal. Einige Sekunden später blickte er auf seine Füße.

»Begleite mich«, sagte er langsam. »Ich, äh, zeig's dir. Erklär den anderen alles. Das kannst du viel besser als ich.«

Grimma folgte ihm über den kalten Boden, während

immer mehr Wichte in den Schuppen kamen und sich nervös an den Wänden zusammendrängten.

Dorcas führte sie unter die Plane, die eine große staubige Höhle formte.

Eine Art Lastwagenreifen ragte vor ihnen auf, doch er wies zahlreiche seltsame Vorsprünge auf.

»Oh, ein Laster«, sagte Grimma unsicher. »Du hast hier einen Laster, nicht wahr?«

Dorcas schwieg und deutete stumm nach oben.

Die junge Nomin hob den Kopf. Und dann noch etwas mehr. Sie starrte in den geöffneten Rachen von Jekub.

❖ 13 ❖

> IV. Und Dorcas sprach: Dies ist Jekub, das große Ungeheuer mit Zähnen.
>
> V. In der Not frißt der Teufel Fliegen, aber wir fahren.
>
> Aus dem *Buch der Nomen*, Jekub, Kapitel 2, Verse IV–V

Manchmal brauchen Worte auch Musik. Manchmal reichen Beschreibungen nicht aus. Es sollte möglich sein, Büchern einen Soundtrack zu geben, so wie Filmen.

In diesem Fall eignen sich tiefe Orgelklänge.

Grimma riß die Augen auf.

Dieh-dah-DAH.

Es kann nicht lebendig sein, dachte sie verzweifelt. *Und es wird mich nicht fressen. Dorcas hätte mich wohl kaum hierhergebracht, wenn er wüßte, daß mich dieses Monstrum verschlingen will. Ich habe* keine *Angst. Nein, ich habe* überhaupt keine *Angst. Ich bin eine vernünftige Nomin und* fürchte mich nicht.

»Ich glaube, die Räder mit den vielen Stummeln sollen ihm besseren Halt auf weichem, schlüpfrigem Boden geben«, sagte Dorcas. Seine Stimme kam wie aus weiter Ferne. »Nun, ich habe ihn gründlich untersucht, weißt du, und es scheint soweit alles in Ordnung zu sein. Er ist nur sehr alt ...«

Grimmas Blick glitt über den langen gelben Hals.

Dieh-dah-dieh-dah-DUMM.

»Und dann dachte ich mir, bestimmt können wir dafür sorgen, daß er wieder fährt, Dieselmotoren sind eigentlich ganz einfach, und ich habe die Bilder in einem der Bücher gesehen, obwohl ich nicht ganz sicher bin, was die Rohrleitungen betrifft, ich glaube, man nennt so etwas Hydraulik, doch auf einer der Bänke fand ich ein *Werkstatt-Handbuch*, und ich habe Dinge geschmiert und gereinigt ...«, brabbelte Dorcas.

Dah-dah-dah-DUMM.

»Ich nehme an, die Menschen oder so wußten, daß sie zurückkehren würden, und ich bin hochgeklettert und habe mir alles angesehen, und wahrscheinlich ist es leichter als mit dem Lastwagen, allerdings gibt es zusätzliche Hebel für die Hydraulik, aber das sollte kein Problem sein, wir brauchen nur genug Treibstoff und ...«

Der Ingenieur unterbrach sich, als er Grimmas Schweigen bemerkte.

»Stimmt was nicht?« fragte er.

»Was *ist* das?« erkundigte sich die Nomin.

»Das wollte ich gerade sagen«, erwiderte Dorcas. »Es ist faszinierend. Durch die Rohrleitungen wird etwas gepumpt, und dann bewegen sich die Dinge dort oben, und die Kolben schieben sich daraus hervor, wodurch die Arm-Dinge da drüben ...«

»Ich habe nicht gefragt, was dieses Gebilde *macht*«, stellte Grimma fest. »Ich möchte nur wissen, was es *ist*.«

»Habe ich noch nicht darauf hingewiesen?« entgegnete Dorcas unschuldig. »Nun, jemand hat einen Namen an die Seite geschrieben. Da vorn, siehst du?« Er streckte die Hand aus.

Grimma blickte in die entsprechende Richtung und runzelte die Stirn.

»J ... C ... B ...«, las sie. »Jcb? Jekub? Überhaupt keine Vokale. Was soll das für ein Name sein?«

»Was weiß ich«, brummte Dorcas. »Mit Namen kenne ich mich nicht aus. Wie dem auch sei: Es klingt richtig. Komm mit, ich zeig dir noch etwas anderes.«

Grimma folgte ihm benommen und starrte erneut in die Dunkelheit unter der Plane.

»Da«, sagte der Ingenieur. »Man erkennt auf den ersten Blick, um was es sich handelt, oder?«

»Meine Güte«, hauchte die Nomin und hob die Hand zum Mund.

»Ja«, sagte Dorcas. »Das dachte ich ebenfalls. Als ich es zum erstenmal sah, dachte ich: Oh, es ist eine Art Lastwagen. Und dann ging ich hierher und fand heraus, daß der Laster ...«

»... Zähne hat«, flüsterte Grimma. »Große Zähne aus Metall.«

»In der Tat«, bestätigte Dorcas stolz. »Jekub. Eine Art Lastwagen. Mit Zähnen.«

Dah-DUMM.

»Und, äh, funktioniert er?« fragte Grimma.

»Das sollte er. Ja, das sollte er. Ich habe alles überprüft, was sich überprüfen läßt. Eigentlich unterscheidet sich Jekub gar nicht so sehr von einem gewöhnlichen Lastwagen. Er hat nur viele zusätzliche Hebel und Dinge ...«

»Warum hast du mir nie etwas davon erzählt?« zischte Grimma.

»Keine Ahnung«, antwortete Dorcas. »Weil es nicht notwendig war, schätze ich.«

»Jekub ist *riesig*. Ein so großes Etwas darf man nicht für sich behalten!«

»Jeder braucht etwas, das ihm allein gehört«, sagte Dorcas unbestimmt. »Wie dem auch sei: Hier geht es nicht um die Größe. Es ist alles so ... perfekt.« Er klopfte auf einen höckrigen Reifen. »Du hast erwähnt, daß die Menschen daran glauben, jemand hätte die Welt in einer Woche erschaffen. Nun, als ich Jekub zum erstenmal sah, dachte ich: Der Schöpfer hat dies hier benutzt.«

Er blickte nach oben in die Schatten.

»Zuerst müssen wir die Plane fortziehen«, fügte er hinzu. »Bestimmt ist sie sehr schwer — wir brauchen also die Hilfe vieler Nomen. Du solltest sie besser warnen. Jekub kann recht schrecklich wirken, wenn man ihn zum erstenmal sieht.«

»Ich bin überhaupt nicht erschrocken«, behauptete Grimma.

»Ich weiß«, sagte Dorcas. »Ich habe dein Gesicht beobachtet.«

Die Nomen richteten erwartungsvolle Blicke auf Grimma.

»Denkt immer daran, daß es nur eine Maschine ist«, sagte sie. »Eine Art Lastwagen. Doch wenn man diesen Laster zum erstenmal sieht, kann er recht schrecklich wirken, und deshalb schlage ich vor: Haltet die kleinen Kinder an den Händen. Und weicht zurück, wenn die Plane herunterkommt.«

Köpfe nickten.

»Also gut. Faßt an.«

Sechshundert Nomen spuckten in die Hände und griffen nach dem schweren Tuch.

»Zieht kräftig, wenn ich ›ziehen‹ sage.«

Die Wichte holten tief Luft.

»Ziehen!«

Falten glätteten sich und verschwanden.

»Ziehen!«

Die Plane bewegte sich, glitt über Jekubs kantige Gestalt, erst langsam, dann etwas schneller, als das eigene Gewicht an ihr zerrte.

»Zurück!«

Das Ding kam wie eine schmierige grüne Lawine herunter, bildete einen hohen Faltenberg. Doch niemand achtete darauf, denn Sonnenschein kroch durch die staubigen, von Spinnweben verhangenen Fenster. Jekub *glühte* plötzlich.

Mehrere Nomen schrien. Mütter hoben ihre Kinder hoch. Alle wichen in Richtung Tür zurück.

Es sieht tatsächlich *wie ein Kopf aus,* dachte Grimma. *Wie ein Kopf an einem langen Hals. Und am anderen Ende hat er noch einen. Was denke ich da? ›Er?‹ Es. Beziehungsweise sie. Es ist eine* Maschine. *Und die Maschine hat einen zweiten Kopf an ihrem anderen Ende.*

»Es ist alles in Ordnung!« rief sie, um den Lärm zu übertönen. »Seht nur! Das Ding bewegt sich überhaupt nicht!«

»He, ihr da unten!« erklang eine andere Stimme. Grimma sah nach oben. Nooty und Sacco waren über Jekubs Hals geklettert, hockten weit oben und winkten fröhlich.

Das gab den Ausschlag. Die Flutwelle der Nomen gischtete zur Wand und verebbte dort — man fühlte sich immer dumm, wenn man vor etwas floh, das einen überhaupt nicht verfolgte. Die Wichte zögerten und kehrten langsam in die Mitte des Schuppens zurück.

»Bemerkenswert.« Oma Morkie humpelte etwas näher. »Ich habe mich immer gefragt, wie sie aussehen. Jetzt weiß ich's.«

Grimma musterte sie verwirrt.

»Was meinst du?« fragte sie.

»Oh, die großen Wühler«, erwiderte Oma. »Sie waren alle fort, als ich geboren wurde, aber mein Vater hat sie gesehen. Große gelbe Dinge mit Zähnen, die sich in den Boden bohrten, erzählte er. Ich dachte immer, er hätte sich einen Scherz mit mir erlaubt.«

Jekub verzichtete nach wie vor darauf, Leute zu fressen. Einige besonders abenteuerlustige Nomen folgten Saccos und Nootys Beispiel, kletterten an ihm empor.

»Damals, als die Autobahn gebaut wurde«, fuhr Oma Morkie fort und stützte sich auf ihren Gehstock. »Die Wühler waren überall, sagte mein Vater. Große gelbe Dinge mit Zähnen und Höckerreifen.«

Grimma starrte sie verblüfft an, und ihr Gesicht offenbarte dabei einen ganz speziellen Ausdruck: Er war für Personen reserviert, die wider Erwarten eine ebenso rätselhafte wie interessante Vergangenheit hatten.

»Und es gab noch andere Dinge«, fuhr die Alte fort.

»Dinge, die Erde zu großen Haufen zusammenschoben und so. Muß inzwischen fünfzehn Jahre her sein. Hätte nie gedacht, daß ich einmal selbst einen Wühler sehe.«

»Soll das heißen, die Straßen wurden *gebaut?*« fragte Grimma. Inzwischen wimmelte es überall an Jekub von jungen Nomen. Dorcas stand im Führerhaus und erklärte die Funktion der Hebel.

»Das hat mein Vater gesagt«, entgegnete Oma. »Du hast sie doch nicht für einen Teil der natürlichen Landschaft gehalten, oder?«

»Wie?« Grimma schüttelte den Kopf. »O nein. Nein. Ganz und gar nicht. Wie kommst du darauf?«

Und sie dachte: *Vielleicht hat Dorcas recht. Vielleicht ist alles kunstlich. Einige Teile wurden eher gebaut, andere später. Man beginnt mit Hügeln, Wolken und so, und dann fügt man Straßen und Kaufhäuser hinzu. Vielleicht besteht die Aufgabe der Menschen darin, die Welt zu erschaffen, und sie sind noch immer damit beschäftigt. Deshalb müssen die Maschinen groß genug für sie sein.*

Gurder hätte so etwas bestimmt verstanden. Ich wünschte, er würde zurückkehren.

Zusammen mit Masklin.

Grimma versuchte, an etwas anderes zu denken.

Höckrige Reifen, überlegte sie. *Jekubs Hinterreifen sind fast so groß wie ein Mensch. Er braucht keine Straßen. Natürlich braucht er keine. Er* baut *sie. Er muß in der Lage sein, dorthin zu fahren, wo's noch keine Straßen gibt.*

Sie bahnte sich einen Weg durch die Menge und näherte sich dem rückwärtigen Bereich des Führerhauses — einige Wichte brachten dort ein langes Brett in Position. Grimma trat darüber hinweg und gesellte sich Dorcas hinzu, der von aufgeregten Nomen umgeben war.

»Willst du hiermit losfahren?« fragte sie.

Der Ingenieur drehte sich zu ihr um.

»O ja«, antwortete er glücklich. »Ich glaube schon. Ich hoffe es. Vermutlich bleibt uns noch etwa eine

Stunde, bis die Menschen zurückkehren, und Jekub wird genauso gesteuert wie ein Lastwagen.«

»Wir wissen, worauf es dabei ankommt!« rief einer der jungen Wichte. »Mein Vater hat mir alles über die Schnüre und so erzählt.«

Grimma sah sich im Führerhaus um. Überall gab es Hebel.

Seit der Langen Fahrt war mehr als ein halbes Jahr vergangen, und die Nomin hatte sich nie sehr für Mechanik und dergleichen interessiert. Doch als sie sich nun ans Führerhaus des Lastwagens erinnerte ... Dort schien es viel weniger *Dinge* gegeben zu haben: nur einige Pedale, den Schalthebel und das Lenkrad, weiter nichts.

Sie wandte sich wieder Dorcas zu.

»Bist du sicher?« fragte sie skeptisch.

»Nein«, sagte er. »Ich bin nie sicher. Nun, viele Hebel dienen nur dazu, den Ra ... die Schaufel zu bewegen, das Ding mit den Zähnen. Und das Halsende. Die Wühl-Dinge, meine ich. *Darum* brauchen wir uns überhaupt nicht zu kümmern. Obwohl ... Sie sind raffiniert. Es genügt, an einem Hebel zu ziehen, und schon ...«

»Und wo sollen wir alle sitzen? Der Platz genügt nicht.«

Dorcas zuckte mit den Schultern. »Die Alten bringen wir hier im Führerhaus unter, und die jüngeren Leute ... Wir spannen Drähte und so. Damit sie sich festhalten können, meine ich. Sei unbesorgt. Diesmal sind wir nicht in der Nacht unterwegs, sondern am Tag. Und es ist nicht nötig, daß wir sehr schnell fahren.«

»Und dann erreichen wir die Scheune, nicht wahr, Dorcas?« fragte Nooty. »Wo es warm ist. Und wo es genug zu essen gibt.«

»Das hoffe ich«, erwiderte der Ingenieur. »Nun, ans Werk. Wir haben nicht viel Zeit. Wo bleibt Sacco mit der Batterie?«

Gibt es in der Scheune genug zu essen? dachte Grimma.

Wie kommen wir auf diese Idee? Angalo wies darauf hin, daß dort Steckrüben lagern, vielleicht auch ein paar Kartoffeln. Nicht unbedingt ein Festschmaus.

Ihr Magen vertrat eine andere Ansicht und knurrte. Eine lange Nacht lag hinter den Wichten, und die einzige Nahrung bestand aus den längst verdauten belegten Broten des Gefangenen.

Wie dem auch sei: Wir müssen aufbrechen. Jeder Ort ist besser als dieser.

»Dorcas ...«, sagte Grimma. »Kann ich dir irgendwie helfen?«

Er sah auf. »Ja. Lies das Handbuch. Vielleicht steht da drin, wie man Jekub fährt.«

»Weißt du es nicht?«

»Äh. Nun. Nicht *genau.* Ich meine, die Theorie ist mir gut bekannt. Nur die Praxis bereitet mir gewisse Schwierigkeiten.«

Das Handbuch lag unter der Bank an der Schuppenwand. Grimma zog es mühsam darunter hervor, blätterte mit beiden Händen und versuchte, sich trotz des Lärms zu konzentrieren. *Bestimmt weiß er genau Bescheid,* fuhr es ihr durch den Sinn. *Er will nur nicht, daß ich ihm im Weg bin.*

Die Nomen zeigten eine erstaunliche Zielstrebigkeit. Die Situation war so ernst, daß sie keine Zeit damit verloren, zu jammern und zu klagen. *Komisch,* dachte Grimma, als sie auf fleckige Seiten hinabstarrte. *Die Leute hören nur dann auf, sich über Dinge zu beschweren, wenn es wirklich schlimm um die Dinge steht. Dann sind sie plötzlich bereit, zusammenzuarbeiten und sich ›dahinterzuklemmen‹.* Vom Dahinterklemmen hatte Grimma im Buch der Sprichwörter gelesen. Es bedeutete, hart zu arbeiten. Seltsam: Wie konnte jemand zu harter Arbeit fähig sein, wenn er sich hinter etwas klemmte? Klemmende Dinge funktionierten doch nicht richtig, oder?

Sie entsann sich an das Schild *Achtung, Straßenbauarbeiten,* das sie während der Langen Fahrt gesehen hatten. Völlig klar: Voraus baute jemand die Straße, damit sie länger wurde, und man durfte erwarten, daß er alle Hindernisse beiseite räumte. Statt dessen standen viele Dinge auf dem Asphalt, und er endete ganz plötzlich an einem Loch, woraus folgte: Das Schild ergab überhaupt keinen Sinn. Und: Worte bedeuteten nicht immer, was sie eigentlich bedeuten sollten.

Grimma blätterte.

Auf der nächsten Seite entdeckte sie einen großen braunen Ring dort, wo ein Mensch eine Kaffeetasse abgestellt hatte.

Hinter ihr wichen Dutzende von Nomen der Batterie aus — auf rostigen Kugellagern glitt sie langsam über den Boden.

Der Kanister mit dem Treibstoff schwankte vorbei.

Grimma blickte auf Bilder, die Hebel und Zahlen zeigten. Plötzlich schienen die Wichte ganz versessen darauf zu sein, die Scheune zu erreichen. Die Dinge waren nun nicht mehr durchschnittlich schlimm, sondern kündigten eine Katastrophe an — und plötzlich wirkten die Nomen fast fröhlich. Masklin kannte dieses Phänomen. *Leute sind zu allem fähig, wenn ihnen keine andere Wahl bleibt,* hatte er gesagt.

Die junge Nomin starrte auf die Seiten und versuchte, sich für Hebel zu interessieren.

Die Wolken vor der Sonne dehnten sich über den rosaroten Himmel aus. Roter Himmel am Morgen ... Er bedeutete, daß Leute mit Schafen zufrieden waren, entsann sich Grimma an einen Hinweis im Buch der Sprichwörter. Oder unglücklich. Oder vielleicht ging's dabei um Kühe.

Im dunklen Büro erwachte der Mensch, muhte eine Zeitlang und trachtete danach, sich von den Drahtfesseln zu befreien. Nach einer Weile gelang es ihm, den größten Teil eines Arms aus ihnen zu lösen.

Anschließend offenbarte der Mensch ein Verhalten,

das die meisten Nomen überrascht hätte. Er kroch über den Boden, und nach einigen vergeblichen Versuchen gelang es ihm, einen Stuhl umzukippen. Er zog ihn näher, schob ein Stuhlbein unter mehrere Drähte und zog.

Eine Minute später saß er und streifte weitere Fesseln ab.

Der Blick seiner großen Augen fiel auf den Zettel mit Grimmas Worten.

Er starrte eine Zeitlang darauf hinab, rieb sich die Arme und griff nach dem Telefon.

Dorcas betastete einen Draht.

»Bist du sicher, daß die Batterie richtig angeschlossen ist?« fragte Sacco.

»Ich kenne den Unterschied zwischen roten und schwarzen Drähten«, erwiderte Dorcas sanft und streckte die Hand nach einem Kabel aus.

»Dann enthält die Batterie vielleicht nicht genug Elektrizität«, vermutete Grimma und sah über Dorcas' Schulter. »Vielleicht ist sie bis nach unten gesunken. Oder ausgelaufen.«

Der Ingenieur und Sacco wechselten einen Blick.

»Elektrizität sinkt nicht nach unten«, erklärte Dorcas geduldig. »Und sie läuft auch nicht aus. Entweder ist sie da — oder sie fehlt. Entschuldige bitte.« Erneut spähte er ins Durcheinander aus Drähten und zupfte an einem. Etwas zischte, und ein großer blauer Funken stob davon.

»Sie *ist* da«, fügte er hinzu. »Aber nicht dort, wo sie eigentlich sein sollte.«

Grimma schritt über den schmierigen Boden des Führerhauses. Gruppen von Nomen standen in der Nähe und warteten. Hunderte von ihnen hielten Schnüre, die mit dem Lenkrad weit über ihnen verbunden waren. Andere umklammerten Holzteile, die wie Rammböcke wirkten, drückten damit auf die Pedale.

»Nur eine kleine Verzögerung«, erklärte Grimma. »Weil sich die Elektrizität nicht am richtigen Ort befindet.«

Wichte — wohin man auch blickte. Während der Langen Fahrt hatte ihnen ein ganzer Lastwagen zur Verfügung gestanden, doch Jekubs Führerhaus war viel kleiner, und es mangelte an Platz.

Ein armseliger Haufen, dachte Grimma und fühlte sich noch trauriger, weil es der Wahrheit entsprach. Bei der Flucht aus dem Kaufhaus hatten die Nomen viele Dinge mitnehmen können; sie waren wohlgenährt und gut gekleidet gewesen.

Jetzt sind sie dünn und schmutzig, nehmen nur die zerrissenen, verdreckten Sachen mit, die sie am Leib tragen. Selbst die Bücher blieben zurück. Ein Dutzend Bücher beanspruchten ebenso viel Platz wie drei Dutzend Nomen. Grimma glaubte zwar, daß einige der Bücher nützlicher waren als viele der Wichte, aber sie fand sich mit Dorcas' Versprechen ab, daß sie eines Tages zurückkehren würden, um die zwischen Buchdeckel gepreßten Worte aus ihrem Versteck unter den Bodendielen zu holen.

Nun, dachte Grimma, *wir haben es versucht. Wir haben uns wirklich Mühe gegeben. Wir kamen in den Steinbruch, um eine neue Heimat zu finden. Wir wollten uns um unsere eigenen Angelegenheiten kümmern, ein Leben ohne Furcht führen. Wir dachten, es reiche völlig aus, die richtigen Dinge aus dem Kaufhaus mitzunehmen, aber wir brachten auch viele falsche Dinge hierher. Diesmal müssen wir so weit wie möglich fort von Menschen, und ich bezweifle, ob es einen Ort gibt, der wirklich weit genug von ihnen entfernt ist.*

Sie kletterte auf die wacklige Fahrerplattform, die aus einem mit Schnüren befestigten Brett bestand, das durchs ganze Führerhaus reichte. Auch hier standen und saßen Nomen. Sie wandten sich Grimma erwartungsvoll zu.

Wenigstens sollte es nicht so schwer sein, Jekub zu fahren. Die Anführer der einzelnen Gruppen an den

Pedalen und so weiter konnten sie sehen — es war also nicht nötig, mit Fahnen zu signalisieren oder an Stricken zu ziehen, um Anweisungen zu übermitteln. Außerdem: Viele Nomen hatten während der Langen Fahrt Erfahrungen gesammelt …

»Versucht es noch einmal!« rief Dorcas.

Es klickte. Etwas surrte. Und dann brüllte Jekub.

Das Geräusch donnerte durch den großen Schuppen. Es war so laut und tief, daß man es eigentlich gar nicht als Geräusch bezeichnen konnte: Es schien die Luft in etwas Hartes zu verwandeln und damit zuzuschlagen. Wichte preßten sich an den zitternden Boden des Führerhauses.

Grimma hob die Hände zu den Ohren und sah, wie Dorcas heranstürmte, dabei mit den Armen ruderte. Die Nomen am Schneller-Pedal warfen ihm einen Meinst-du-uns?-Blick zu und drückten nicht mehr.

Aus dem Lärm wurde ein dumpfes Grollen, ein *Mumumumum,* das dennoch alles vibrieren ließ. Dorcas eilte zurück, kletterte zur Plattform und keuchte hingebungsvoll. Er setzte sich und schnaufte erschöpft.

»Ich bin zu alt für solche Sachen«, sagte er. »Wenn Nomen ein gewisses Alter erreichen, sollten sie aufhören, riesige Fahrzeuge zu stehlen. Das ist allgemein bekannt. Nun, der Motor läuft. Du kannst uns jetzt nach draußen bringen.«

»Wer, ich?« fragte Grimma.

»Ja. Wer denn sonst?«

»Ich dachte, äh, daß mir jemand hilft, zum Beispiel Sacco.« *Ich dachte, ein Nom würde Jekub fahren, keine Nomin,* fügte Grimma in Gedanken hinzu.

»Oh, meine Jungs wären sofort bereit, alles selbst in die Hand zu nehmen«, erwiderte Dorcas. »Ich stelle mir ihre *Begeisterung* vor. Ich stelle mir vor, wie sie hin und her brausen, dabei ›Jippieh‹ und was weiß ich rufen. Nein, herzlichen Dank. Ich dachte an eine friedliche Fahrt übers Feld. In aller Ruhe. Gemütlich.«

Er beugte sich vor.

»Alles klar da unten?« rief er.

Ein nervöser Ja-Chor ertönte. Bei zwei oder drei Nomen klang die Antwort etwas enthusiastischer.

»Ich frage mich, ob es eine gute Idee war, Sacco zum Leiter der Gruppe am Schneller-Pedal zu ernennen ...«, murmelte der Ingenieur. Er richtete sich auf. »Äh. Du bist doch nicht *besorgt,* oder?«

Grimma schnaubte. »Was? Ich? Nein. Natürlich nicht. Ich sehe überhaupt kein Problem«, betonte sie.

»Na schön«, brummte Dorcas. »Los geht's.«

Stille. Eine Stille, in der man nur das wartende Brummen des Motors hörte.

Grimma zögerte.

Wenn doch nur Masklin hier wäre, dachte sie. *Er käme hiermit besser zurecht. Es spricht niemand mehr von ihm. Oder von Angalo und Gurder. Die Nomen denken nicht gern über sie nach. Vielleicht haben sie es vor Jahrhunderten gelernt, in einer Welt voller Füchse und anderer Dinge, die scheußlichen Tod in Aussicht stellen. Wenn jemand vermißt wird ... Dann ist es besser, sich nicht mehr an ihn zu erinnern. Aber ich kann das nicht. Ich denke dauernd an Masklin.*

Ich habe ihm von Fröschen in Blumen erzählt, ohne einen Gedanken an seine Träume zu verschwenden.

Dorcas legte ihr sanft den Arm um die Schultern. Grimma bebte am ganzen Leib.

»Wir hätten jemanden zum Flugplatz schicken sollen«, murmelte sie. »Um zu zeigen, daß er uns nicht gleichgültig ist ...«

»Wir hatten nicht genug Zeit«, erwiderte der Ingenieur leise. »Und uns fehlten Leute mit genug Mut. Wir erklären es ihm, wenn er zurückkehrt. Er versteht es bestimmt.«

»Ja«, flüsterte Grimma.

»Und nun ...« Dorcas trat zurück. »Wir fahren los.«

Grimma atmete tief durch.

»Erster Gang!« rief sie. »Vorwärts! Laaangsam!«

Die Gruppen auf dem Boden des Führerhauses zogen und drückten. Grimma spürte eine Erschütterung, und das Brummen wurde leiser. Jekub ruckte nach vorn und blieb wieder stehen. Der Motor stotterte und verstummte.

Dorcas betrachtete nachdenklich seine Fingernägel.

»Handbremse, Handbremse, Handbremse«, summte er leise.

Grimma warf ihm einen finsteren Blick zu und wölbte die Hände trichterförmig vor dem Mund. »Die Handbremse lösen!« rief sie. »In Ordnung! Jetzt der erste Gang und langsam vorwärts.«

Es klickte.

Stille.

»Denmotoranlassen, denmotoranlassen, denmotoranlassen«, murmelte Dorcas und wippte auf den Zehen.

Grimma ließ die Schultern hängen. »Gang raus und alles noch einmal von vorn!« befahl sie. »Den Motor anlassen.«

Nooty leitete die Gruppe an der Handbremse. »Sollen wir die Handbremse wieder anziehen?«

»Was?«

»Du hast nicht gesagt, was mit der Handbremse geschehen soll«, erwiderte Sacco. Die anderen Wichte neben ihm grinsten.

Grimma richtete den Zeigefinger auf sie. »Jetzt hört mal gut zu. Wenn ich runterkommen muß, um euch zu erklären, was mit der Handbremse geschehen soll ... Das würde euch *sehr* leid tun. Klar? Hört auf, wie Narren zu kichern! Sorgt dafür, daß sich dieses Ding *in Bewegung setzt,* und zwar *schnell!*«

Das Klicken wiederholte sich. Der Motor sprang sofort an, und Jekub rollte los. Hunderte von Nomen jubelten.

»Schon besser«, sagte Grimma.

»Die Tür, die Tür, die Tür, wir haben vergessen, die *Tü-ür* zu öffnen«, summte Dorcas.

»Ich hab's *nicht* vergessen«, entgegnete Grimma, als der Wühler schneller wurde. »Warum sollten wir die Tür öffnen? Dies ist Jekub!«

❖ 14 ❖

> V. Nichts kann uns aufhalten, denn dies ist Jekub. Er lacht über Hindernisse und spricht: Brrm-brrm.
>
> Aus dem *Buch der Nomen,* Jekub, Kapitel 3, Vers V

Es war ein sehr alter Schuppen. Es war ein sehr rostiger Schuppen. Es war ein Schuppen, der im Wind wackelte. Wenn ein Teil von ihm die Bezeichnung ›neu‹ verdiente, so handelte es sich dabei um das Vorhängeschloß an die Tür, und Jekub stieß mit einer Geschwindigkeit von etwa zehn Stundenkilometern dagegen. Das Gebäude dröhnte wie ein Gong, sprang aus dem Fundament und wurde durch den halben Steinbruch gezerrt, bevor es in einer Wolke aus Rost und Staub auseinanderfiel. Jekub schob sich daraus hervor, wie ein sehr zorniges Küken, das die Schale eines sehr alten Eis abstreift, rollte noch einige Meter und verharrte.

Grimma erhob sich auf der schwankenden Plattform und klopfte Rost von ihrer Kleidung.

»Wir haben angehalten«, sagte sie unsicher. In ihren Ohren toste es noch immer. »Warum haben wir angehalten, Dorcas?«

Die heftigen Erschütterungen hatten den Ingenieur aufs Brett geschleudert, und er versuchte nicht einmal, wieder aufzustehen.

»Ich glaube, wir sind ziemlich stark durchgeschüttelt worden«, sagte er. »Warum hattest du es so eilig?«

»Entschuldigt bitte!« rief Sacco von unten. »Nur ein kleines Mißverständnis.«

Grimma straffte die Gestalt. »Nun«, erwiderte sie, »das Mißverständnis hat uns nach draußen gebracht. Ich weiß jetzt Bescheid. Wir brauchen nur ... Wir ... wir ...«

Dorcas hörte, wie ihre Stimme verklang. Er sah auf.

Vor dem Steinbruch parkte ein Lastwagen. Und drei Menschen hasteten Jekub mit langen Schritten entgegen.

»O nein«, stöhnte der Ingenieur.

»Hat der Gefangene die Warnung nicht gelesen?« überlegte Grimma laut.

»Ich fürchte, er hat sie sogar verstanden«, brummte Dorcas. »Nun, wir dürfen jetzt nicht in Panik geraten und müssen eine rasche Entscheidung treffen. Entweder ...«

»Vorwärts!« sagte Grimma scharf. »Sofort!«

»Nein, nein«, widersprach Dorcas. »Ich wollte nicht vorschlagen, daß wir ...«

»Erster Gang!« befahl Grimma. »Und drückt *fest* aufs Schneller-Pedal!«

»Du wirst es bereuen«, ächzte der Ingenieur.

»Das bezweifle ich«, entgegnete Grimma mit fester Stimme. »Ich habe die Menschen gewarnt! Sie können lesen. Wir wissen, daß sie lesen können. Wenn sie wirklich intelligent sind, sollten sie eigentlich intelligent genug sein, um es besser zu wissen!«

Jekub rollte wieder los.

»Es ist ein Fehler«, sagte Dorcas. »Wir haben uns immer von den Menschen ferngehalten.«

»Sie halten sich nicht von *uns* fern!« rief Grimma.

»Aber ...«

»Sie haben das Kaufhaus abgerissen. Sie wollten uns an der Flucht hindern. Und jetzt übernehmen sie unseren Steinbruch, *und sie wissen nicht einmal, was wir sind!*« stieß Grimma hervor. »Erinnerst du dich an die Abteilung Gartenbau im Kaufhaus? An die gräßlichen

Statuen mit Zipfelmützen und so? Nun, ich werde den Menschen *wahre* Nomen zeigen ...«

»Gegen Menschen kannst du nichts ausrichten!« Dorcas' Stimme verlor sich fast im lauten Dröhnen des Motors. »Sie sind zu groß! Und du bist zu klein!«

Grimma nickte. »Ja, im Vergleich zu ihnen bin ich sogar *sehr* klein. Aber ich habe den größeren Lastwagen. Mit *Zähnen.*« Sie beugte sich über den Rand der Plattform. »Gut festhalten!« riet sie den Wichten. »Vielleicht stehen uns wieder einige heftige Erschütterungen bevor.«

Draußen begriffen die großen langsamen Wesen allmählich, daß etwas nicht mit rechten Dingen zuging. Sie liefen nun nicht mehr und versuchten wie in Zeitlupe, zur Seite auszuweichen. Zwei von ihnen gelang es, ins leere Büro zu springen, als Jekub vorbeirollte.

»Ich verstehe«, sagte Grimma. »Offenbar halten sie uns für dumm. Lenkrad nach links drehen. Und noch etwas mehr. Gut so. In *Ordnung.*« Sie rieb sich die Hände.

»Was hast du vor?« hauchte Dorcas entsetzt.

Grimma blickte nach unten.

»Siehst du die Hebel dort drüben, Sacco?« fragte sie.

Die blassen runden Flecken von zwei menschlichen Gesichtern erschienen am staubigen Fenster der Hütte.

Jekub war etwa sechs Meter entfernt und vibrierte im Dunst des frühen Morgens. Dann heulte der Motor. Die große Schaufel neigte sich nach oben, spiegelte den Sonnenschein wider ...

Jekub sprang vor, donnerte über den Boden des Steinbruchs und riß eine Wand wie den Deckel einer Büchse beiseite. Die übrigen Wände und das Dach falteten sich wie ein Kartenhaus zusammen, dem das Pikas fehlte.

Der Wühler raste im Kreis, und die beiden Menschen sahen ihn sofort, als sie aus den Trümmern der Hütte krochen. Ihr Blick fiel auf ein riesiges Metallungeheuer mit geöffnetem Rachen.

Sie liefen.

Sie liefen fast so schnell wie Nomen.

»Eine solche Lektion wollte ich ihnen schon seit langer Zeit erteilen«, sagte Grimma zufrieden. »Und nun ... Wo ist der andere Mensch?«

»Zum Lastwagen zurückgekehrt, nehme ich an«, erwiderte Dorcas.

»Gut.« Grimma wandte sich an die übrigen Wichte. »Jede Menge Rechts, Sacco. Halt. Und langsam vorwärts.«

»Können wir jetzt damit aufhören und zur Scheune fahren?« wimmerte Dorcas. »Bitte?«

»Der Lastwagen versperrt uns den Weg«, entgegnete Grimma. Es ließ sich nicht leugnen. »Die Menschen haben genau vor dem Tor geparkt.«

»Dann sitzen wir in der Falle«, seufzte der Ingenieur.

Grimma lachte, aber es klang nicht heiter oder fröhlich. Plötzlich galt Dorcas' Mitleid nicht mehr nur sich selbst; es bezog sich auch auf die Menschen.

Den Menschen schienen ähnliche Gedanken durch den Kopf zu gehen — falls sie überhaupt denken konnten. Der Ingenieur sah ihre bleichen Mienen, als Jekub genau auf sie zuhielt.

Sie sind verblüfft, weil sie keinen Menschen hier drin sehen, dachte er. *Sie starren zu einer Maschine, die sich anscheinend von ganz allein bewegt, und das begreifen sie nicht. Es ist ihnen rätselhaft.*

Kurz darauf rangen sie sich zu einer Entscheidung durch, öffneten die Türen des Lastwagens und stiegen rasch aus, als Jekub ...

Es knirschte, und der Laster erbebte, als Jekub gegen ihn stieß. Die höckrigen Reifen drehten mehrere Sekunden lang durch, und dann rollte der Lastwagen nach hinten. Dampf quoll aus ihm hervor.

»Das ist für Nisodemus«, sagte Grimma.

»Ich dachte, du hättest ihn nicht gemocht«, staunte Dorcas.

»Das stimmt auch. Aber er war ein Nom.«

Der Ingenieur nickte. *Wir sind alle Nomen, wenn man genauer darüber nachdenkt. Ab und zu sollte man sich daran erinnern, auf welcher Seite man steht.*

»Was hältst du davon, den Gang zu wechseln?« fragte er ruhig.

»Warum denn? Gibt es an dem derzeitigen Gang irgend etwas auszusetzen?«

»Nein. Aber glaub mir: Wenn du herunterschaltest, kannst du noch besser schieben.«

Die Menschen beobachteten das Geschehen. Zweifellos verdiente es Aufmerksamkeit. Eine Maschine, die sich von ganz allein bewegte, bot in jedem Fall einen interessanten Anblick, selbst dann, wenn man gerade auf einen Baum klettern oder hinter die Hecke springen mußte.

Sie sahen, wie Jekub zurückrollte, wieder den ersten Gang einlegte und noch einmal angriff. Die Fenster des Lastwagens splitterten.

Das gefiel Dorcas nicht besonders.

»Du tötest einen Laster«, sagte er.

»Sei nicht dumm«, entgegnete Grimma. »Es ist eine Maschine. Sie besteht nur aus Blech und Plastik und so.«

»Ja, aber jemand hat sie gebaut«, klagte Dorcas. »Bestimmt ist es nicht leicht, einen Laster zu bauen. Ich verabscheue es, Dinge zu zerstören, die schwer herzustellen sind.«

»Die Menschen haben Nisodemus überfahren«,

zischte Grimma. »Und als wir noch in der Höhle im Boden lebten … Dauernd wurden Nomen von Autos zerquetscht.«

»Mag sein«, erwiderte der Ingenieur. »Aber Nomen sind nicht schwer herzustellen. Man braucht nur andere Nomen dazu.«

»Eine seltsame Einstellung.«

Jekub prallte erneut gegen sein hilfloses Opfer. Der linke Scheinwerfer des Lastwagens splitterte, und Dorcas schnitt eine schmerzerfüllte Grimasse.

Dann wich der Laster beiseite. Rauch stieg dort auf, wo Treibstoff über den heißen Motor rann. Jekub setzte zurück und rumpelte am Wrack vorbei — inzwischen fiel es den Wichten leicht, ihn zu steuern.

»Gut«, sagte Grimma. »Geradeaus.« Sie klopfte Dorcas auf die Schulter. »Jetzt fahren wir zur Scheune, einverstanden?«

»Den Weg hinunter«, brummte der Ingenieur. »Bis zur Zufahrt, die aufs Feld führt. Dort gibt es ein Tor«, fügte er hinzu. »Es hat wohl keinen Sinn, dich zu bitten, es erst zu öffnen, wie?«

Hinter ihnen ging der Lastwagen in Flammen auf. Eine spektakuläre Explosion blieb aus, doch das Feuer wirkte sehr professionell und erweckte den Eindruck, stundenlang brennen zu wollen. Dorcas sah, wie einer der Menschen seine Jacke auszog und damit versuchte, die Flammen zu ersticken. Einmal mehr regte sich Mitgefühl in ihm.

Jekub rollte über den Weg, und es stellten sich ihm keine weiteren Hindernisse entgegen. Einige Nomen begannen zu singen, als sie an den Schnüren zogen.

»Wo ist die Zufahrt?« fragte Grimma. »Durchs Tor und übers Feld, hast du gesagt, und …«

»Es befindet sich vor dem Auto mit dem Blaulicht drauf«, antwortete Dorcas gedehnt. »Ich meine den Wagen, der uns entgegenkommt.«

Sie blickten in die entsprechende Richtung.

»Autos mit blinkenden Lichtern oben drauf verheißen nichts Gutes«, stellte Grimma fest.

»Da bin ich ganz deiner Ansicht«, pflichtete ihr Dorcas bei. »Oft sitzen sehr ernste Menschen drin, die wissen wollen, was los ist. Bei der Eisenbahn haben wir viele von ihnen gesehen.«

Grimma starrte an der Hecke entlang.

»Hast du das Tor da drüben gemeint?«

»Ja.«

Die junge Nomin beugte sich vor.

»Langsamer«, sagte sie. »Und nach rechts.«

Die einzelnen Gruppen reagierten sofort, und Sacco wechselte sogar den Gang, ohne dazu aufgefordert zu sein. Wichte hingen wie Spinnen am Lenkrad und drehten es.

Die Zufahrt präsentierte tatsächlich ein Tor. Besser gesagt: ein Gatter. Aber es war alt, und Stricke hielten es an den Pfosten, ganz nach Art der modernen Landwirtschaft. Einem entschlossenen Etwas konnte es keinen Widerstand leisten, ganz zu schweigen von Jekub.

Es krachte, und Dorcas verzog das Gesicht. Er litt, wenn irgendwelche Dinge zu Bruch gingen.

Auf der anderen Seite des — nun zerfetzten — Tors begann das Feld, beziehungsweise ein Acker aus brauner Erde. Die Nomen nannten ihn Wellboden, wie Wellblech und die Wellpappe aus der Verpakkungsabteilung im Kaufhaus. Schnee lag in den Furchen. Die großen Reifen verwandelten ihn in Matsch und Schlamm.

Dorcas rechnete damit, daß ihnen der Wagen mit dem Blaulicht folgte. Doch das Auto hielt an; zwei Menschen in dunkelblauer Kleidung stiegen aus und wankten übers Feld. *Man kann Menschen nicht aufhalten,* dachte der Ingenieur. *Sie sind wie das Wetter.*

Der Acker neigte sich nach oben, dem Steinbruch entgegen. Jekubs Motor brummte etwas lauter.

Voraus ragte ein Drahtzaun auf, hinter dem sich eine Wiese erstreckte. Die Drähte gaben mit einem klagenden *Pläng* nach und rollten sich zusammen. Dorcas überlegte, ob Grimma ihm erlauben würde, einige Stücke zu sammeln — Draht konnte man immer gut gebrauchen.

Die Menschen stapften noch immer über den Akker. Aus zusammengekniffenen Augen — Dorcas wagte es nicht, die Lider ganz zu heben, denn hier gab es zuviel Draußen — sah der Ingenieur blinkende Lichter im Bereich der Straße.

Er wies Grimma darauf hin.

»Ja, ich habe sie ebenfalls gesehen«, sagte sie. »Aber uns blieb nichts anderes übrig, oder?« fügte sie verzweifelt hinzu. »Oder wäre es dir lieber gewesen, als Kobold Blumen zu bemalen und Schuhe zu reparieren?«

»Ich weiß nicht«, antwortete Dorcas. »Ich weiß überhaupt nichts mehr.«

Jekub walzte einen zweiten Zaun nieder, und dahinter folgte eine andere Wiese, nicht ganz so lang wie die erste. Der Boden *wölbte* sich ...

Und dann gab es nur noch Himmel, als Jekub die Kuppe des Hügels erreichte und immer schneller wurde.

Dorcas hatte nie zuvor soviel Himmel gesehen. Um sie herum existierte nur noch Leere, abgesehen von einigen Büschen in der Ferne. Und es herrschte Stille. Nun, es war nicht wirklich still — man denke nur an Jekubs Motor. Aber dies schien genau der Ort zu sein, an dem Stille geherrscht *hätte,* wenn nicht ein Wühler mit verzagten Nomen an Bord durch die Landschaft gebraust wäre.

Erschrockene Schafe flohen.

»Da vorn ist die Scheune«, sagte Grimma. »Das Gebäude am Horiz ...« Sie unterbrach sich. »Alles in Ordnung mit dir, Dorcas?«

»Solange ich die Augen geschlossen halte«, flüsterte der Ingenieur.

»Du siehst schrecklich aus.«

»Ich fühle mich noch schlimmer.«

»Aber du bist doch nicht zum erstenmal im Draußen.«

»Wir sind ganz oben, Grimma! Ich meine, über viele Kilometer oder meinetwegen auch Meilen hinweg gibt es nichts Höheres als uns! Wenn ich die Augen öffne, falle ich in den Himmel!«

Grimma wandte sich an die schwitzenden Fahrer weiter unten.

»Ein bißchen nach rechts!« rief sie. »Ja, so ist es richtig! Und jetzt das ganze Schneller-Pedal!«

Und zu Dorcas: »Halt dich an Jekub fest!« Der Motor brummte jetzt nicht mehr, sondern *heulte.* »Du weißt doch, daß *er* nicht fliegen kann!«

Die Maschine rollte nun über einen steinigen Weg, der bis zur fernen Scheune reichte. Dorcas riskierte es, ein Lid zu heben. Er war nie zur Scheune gewandert und fragte sich, ob Vorräte in ihr lagerten. *Oder* hoffen *wir das nur? Vielleicht ist es dort wenigstens warm ...*

Neben dem Gebäude blinkte blaues Licht und näherte sich ihnen.

»Warum lassen uns die Menschen nicht in *Ruhe?*« entfuhr es Grimma. »Halt!«

Jekub blieb stehen; sein Motor knackte und knisterte in der kalten Luft.

»Dieser Weg führt auch zur Straße«, sagte Dorcas.

»Wir können nicht zurück«, murmelte Grimma.

»Nein.«

»Und wir können nicht zur Scheune.«

»Nein.«

Grimma trommelte mit den Fingern auf Jekubs Metall.

»Hast du eine Idee?«

»Wir könnten über die Felder fahren«, schlug Dorcas vor.

»Und wohin brächte uns das?« fragte Grimma.

»Zunächst einmal weg von hier.«

»Aber wir wüßten gar nicht, wohin wir unterwegs sind!«

Der Ingenieur zuckte mit den Schultern. »Das ist immer noch besser, als Blumen zu bemalen.«

Die junge Nomin lächelte schief.

»Und Bienenflügel«, sagte sie. »Solche Flügel würden mir sicher nicht stehen.«

»Was ist los bei euch?« rief Sacco von unten.

»Wir sollten es den Leuten erklären«, flüsterte Grimma. »Alle glauben, daß wir zur Scheune fahren ...«

Sie sah nach vorn. Das Auto näherte sich und schaukelte über den holprigen Weg. Die beiden Menschen mit der blauen Kleidung kamen aus der anderen Richtung. »Geben Menschen nie auf?« murmelte Grimma.

Sie beugte sich zum Rand der Plattform vor.

»Etwas nach links, Sacco«, sagte sie. »Und dann geradeaus.«

Jekub verließ den Weg und rollte durchs kalte Gras. In der Ferne zeigte sich ein weiterer Drahtzaun, und dahinter blickten Schafe auf.

Wir wissen nicht, wohin wir unterwegs sind, dachte Grimma. *Es kommt nur darauf an, in Bewegung zu bleiben. Masklin hatte recht: Dies ist nicht unsere Welt.*

»Vielleicht hätten wir versuchen sollen, mit den Menschen zu sprechen«, sagte sie laut.

»Nein«, erwiderte Dorcas. »In dieser Welt gehört ihnen alles, und wir wären ebenfalls ihr Besitz. Wir könnten nicht mehr *wir selbst* sein.«

Der Zaun kam näher, und auf der anderen Seite gab es eine Straße. Kein Weg, sondern eine richtige Straße aus schwarzem Stein, den man ›Asphalt‹ nannte.

»Rechts oder links?« fragte Grimma. »Was meinst du?«
»Spielt keine Rolle«, entgegnete Dorcas, als der Wühler den Zaun zerriß.
»Nach links«, entschied die Nomin. »Langsam, Sacco. Links. Noch etwas mehr. Ja, gut. O nein!«
Einige hundert Meter entfernt sah Grimma einen Wagen, auf dem blaues Licht blinkte.
Dorcas riskierte einen Blick nach hinten.
Noch ein Blinklicht.
»Nein«, sagte er.
»Was?« Grimma wandte sich ihm zu.
»Vorhin hast du gefragt, ob Menschen nie aufgeben. Die Antwort lautet: nein.«
»Halt!« befahl Grimma.
Die Fahrergruppen zogen an Schnüren und drückten auf Pedale. Der Wühler wurde langsamer und hielt mit knisterndem Motor an.
»Das wär's«, brummte Dorcas.
»Haben wir die Scheune erreicht?« erkundigte sich ein Nom.
»Nein«, sagte Grimma. »Nein, noch nicht. Aber wir sind fast da.«
Der Ingenieur verzog das Gesicht.
»Ich schätze, wir müssen uns damit abfinden«, hauchte er. »Bald hältst du einen Stab mit einem Stern dran in der Hand. Ich hoffe nur, daß mich die Menschen nicht dazu zwingen, ihre Schuhe zu reparieren.«
Grimma überlegte. »Wenn wir dem Wagen dort vorn ganz schnell entgegenfahren ...«, begann sie.
»Nein«, sagte Dorcas fest. »Dadurch können wir unser Problem nicht lösen.«
»Vielleicht nicht«, räumte Grimma ein. »Aber ich würde mich viel besser fühlen.«
Sie sah übers Feld.
»Warum wird's plötzlich dunkel?« fragte sie ver-

wundert. »Wir können unmöglich den ganzen Tag lang gefahren sein. Es war früher Morgen, als wir aufbrachen.«

»Die Zeit vergeht wie im Flug, wenn man Spaß hat, nicht wahr?« erwiderte Dorcas bedrückt. »Ich mag keine Milch. Nun, ich bin durchaus bereit, die Hausarbeit der Menschen zu erledigen, wenn ich keine Milch trinken muß, aber ...«

»*Sieh* doch nur!«

Dunkelheit glitt übers Land.

»Vielleicht eine Ellipse«, spekulierte der Ingenieur. »Ich hab davon gelesen. Es wird alles dunkel, wenn die Sonne den Mond bedeckt. Oder umgekehrt«, fügte er skeptisch hinzu.

Der Wagen vor ihnen bremste. Seine Räder blokkierten, und er rutschte, stieß mit dem Heck gegen eine Mauer und blieb stehen.

Schafe ergriffen die Flucht, und es handelte sich nicht um gewöhnliche Schafspanik. Mit gesenktem Kopf stürmten sie fort und hatten dabei nur eins im Sinn. Diese Schafe vertraten den Standpunkt, daß man keine Kraft mit Panik verschwenden durfte, solange man sie benutzen konnte, um so schnell wie möglich wegzulaufen.

Ein lautes und unangenehmes Summen füllte die Luft.

»Typisch Ellipse«, brachte Dorcas unsicher hervor. »Sind ziemlich furchterregend, die Ellipsen.« Unten, auf dem Boden des Führerhauses, gerieten die *Nomen* in Panik. Sie waren keine Schafe: Jeder von ihnen verfügte über ein denkendes Gehirn, und wenn man über eine plötzliche Dunkelheit nachdachte, die von einem geheimnisvollen Summen begleitet wurde, schien Panik die logische Reaktion zu sein.

Dünne Linien aus blauem Feuer tasteten über Jekubs zerkratzten Lack. Dorcas spürte, wie sich ihm die Haare aufrichteten.

Grimma starrte nach oben.

Der Himmel war völlig schwarz.

»Es ist ... alles in Ordnung«, sagte sie langsam. »Ja, ich glaube, es ist alles in Ordnung.«

Dorcas betrachtete seine Hände. Funken lösten sich von den Fingerspitzen.

»Bist du sicher?« fragte er nervös.

»Dies ist keine Nacht, sondern ein Schatten. Etwas Riesiges schwebt über uns.«

»Und das soll besser sein als die Nacht?« Zweifel vibrierte in der Stimme des Ingenieurs.

»Vielleicht. Komm, verlassen wir die Plattform.«

Grimma hangelte sich an einer Schnur hinab und strahlte. Ihr glückliches Lächeln wirkte fast so schlimm wie alles andere zusammen. Die Nomen waren nicht an eine glücklich lächelnde Grimma gewöhnt.

»Helft mir«, sagte sie. »Wir müssen aussteigen. Damit er weiß, daß wir's sind.«

Die Wichte wechselten verblüffte Blicke, als Grimma an der Laufplanke zerrte.

»*Bitte* helft mir!« drängte sie.

Die Nomen halfen. Manchmal, wenn man vollkommen verwirrt ist, hört man auf jeden, der so etwas wie zielstrebige Entschlossenheit offenbart. Sie griffen nach der Planke und schoben sie aus dem rückwärtigen Teil des Führerhauses, bis sie sich nach unten neigte und den Boden berührte.

Wenigstens gab es jetzt nicht mehr soviel Himmel. Das blaue Firmament bildete eine dünne Linie am Rand der massiven Finsternis über den Wichten.

Nun, sie schien nicht ganz und gar massiv zu sein. Als sich Dorcas' Augen an die Dunkelheit gewöhnten, bemerkte er Quadrate, Rechtecke und Kreise.

Nomen hasteten über die Laufplanke, liefen auf der Straße umher und wußten nicht recht, ob sie stehenbleiben oder wegrennen sollten.

Über ihnen schob sich eins der dunklen Quadrate beiseite. Es klirrte. Ein Rechteck aus Schwärze surrte sanft herab, wie ein Lift ohne Kabel, erreichte die Straße und verharrte dort. Das Gebilde war ziemlich groß.

Etwas stand darauf. Etwas Rotes, Gelbes und Grünes, das aus einem Topf ragte.

Die Nomen beugten sich neugierig vor.

❖ 15 ❖

> I. So endete Jekubs Reise, und die Nomen flohen, blickten nicht zurück.
>
> Aus dem *Buch der Nomen,* Seltsame Frösche, Kapitel 1, Vers I

Dorcas kletterte mühsam auf den öligen Boden des Führerhauses hinab und sah sich dort um. Er war allein, abgesehen von den Schnüren und Holzstücken, die Hunderte von Nomen benutzt hatten, um Jekub zu fahren.

Sie haben einfach alles stehen- und liegenlassen, dachte der Ingenieur und lauschte den fernen Stimmen der Wichte. *Sie hätten wenigstens aufräumen können. Der arme alte Jekub hat Besseres verdient als dies.*

Draußen schien ziemliche Aufregung zu herrschen, doch Dorcas achtete nicht darauf.

Er schlenderte umher, rollte Schnüre auf und versuchte, die Holzteile zu ordentlichen Haufen zusammenzuschieben. Er nahm die Drähte fort, die Jekub mit Elektrizität genährt hatten. Er sank auf Hände und Knie, wischte schmutzige Fußspuren vom Boden.

Jekub verursachte noch immer Geräusche, obwohl der Motor nicht mehr lief. Es zischte und knackte, und gelegentlich erklang ein leises *Ping.*

Dorcas setzte sich und lehnte den Rücken an gelbes Metall. Er wußte nicht, was jetzt geschah. Die aktuellen Ereignisse befanden sich so weit außerhalb seines Erfahrungshorizonts, daß er nicht einmal Besorgnis spürte.

Vielleicht ist es eine andere Maschine, dachte er müde. *Eine Maschine, die es ganz plötzlich Nacht werden läßt.*

Er hob die Hand und gab Jekub einen Klaps.

»Gut gemacht«, lobte er.

Als Sacco und Nooty hereinkamen, hockte Dorcas noch immer an der einen Wand und starrte ins Leere.

»Alle haben nach dir gesucht!« platzte es aus Sacco heraus. »Es ist wie ein Flugzeug ohne Flügel! Schwebt einfach so in der Luft! Bitte komm nach draußen und erklär uns, wie das Ding funktioniert ... Äh, stimmt was nicht?«

»Hm?«

»Ist alles in Ordnung mit dir?« fragte Nooty. »Du siehst irgendwie seltsam aus.«

Der Ingenieur nickte langsam. »Bin nur ein wenig erschöpft«, erwiderte er.

»Ja, aber, äh, wir brauchen dich«, beharrte Sacco.

Dorcas stöhnte und ließ sich aufhelfen. Noch ein letztes Mal wanderte sein Blick durchs Führerhaus.

»Er ist gut gerollt, nicht wahr?« murmelte er. »Ich meine, er ist wirklich gut gerollt. Wenn man alles berücksichtigt. Zum Beispiel sein Alter.«

Er lächelte fröhlich.

»Wovon redest du?« fragte Sacco.

»Die ganze Zeit hat er im Schuppen geschlafen, vielleicht seit der Erschaffung der Welt«, sagte Dorcas. »Ich habe ihn nur geschmiert, ihm Treibstoff gegeben, und schon rollte er los.«

»Diese Maschine?« vergewisserte sich Sacco. »O ja. Nicht übel.«

»Aber ...« Nooty deutete nach oben.

Der Ingenieur zuckte mit den Achseln.

»Oh, deshalb mache ich mir keine Sorgen«, sagte er. »Es gibt eine ganz schlichte, einfache Erklärung: Bestimmt steckt Masklin dahinter. Grimma hat recht. Wahrscheinlich ist es das fliegende Ding, das er holen wollte.«

»Aber etwas kam daraus hervor!« entfuhr es Nooty.

»Etwas anderes als Masklin?«

»Eine Art Pflanze!«

Dorcas seufzte. *Immer eins nach dem anderen,* dachte er und klopfte erneut auf Jekubs Stahlleib.

»Ich bin stolz auf dich«, sagte er.

Dann stemmte er sich hoch und straffte die Gestalt. »Na schön. Zeigt's mir.«

Das Objekt ragte aus dem metallenen Topf mitten auf der schwebenden Plattform. Nomen reckten Hälse und versuchten, sich gegenseitig auf die Schultern zu klettern, um die seltsame Pflanze zu betrachten. Sie stellte für alle ein Rätsel dar — nur für Grimma nicht, die ein stilles, sonderbares Lächeln lächelte.

Es war ein Zweig von einem Baum. Und an dem Zweig befand sich eine Blume, groß wie ein Eimer.

Wenn man hoch genug kletterte, konnte man folgendes erkennen: Die glänzenden Blütenblätter der Blume säumten einen kleinen Teich. Und aus den Tiefen des kleinen Teichs starrten gelbe Froschaugen zu den Wichten.

»Hast du irgendeine Ahnung, was das bedeutet?« fragte Sacco.

Dorcas schmunzelte. »Masklin hat herausgefunden, daß es sich lohnt, einer jungen Frau Blumen zu schikken. Und ich glaube, jetzt wird alles gut.« Er sah zu Grimma.

»Ja, aber was *ist* das?«

»Ich glaube, der Name lautet ›Bromelie‹«, antwortete der Ingenieur. »Solche Bromelien wachsen in den Wipfeln hoher Bäume in sogenannten Regenwäldern, sehr weit von hier entfernt, und kleine Frösche verbringen ihr ganzes Leben darin. Das ganze Leben in einer Blume. Könnt ihr euch so etwas vorstellen? Grimma meinte, es sei die erstaunlichste Sache auf der ganzen Welt.«

Sacco biß sich nachdenklich auf die Unterlippe.

»Nun, ich weiß nicht«, sagte er schließlich. »Es gibt

noch andere Dinge. Elektrizität, zum Beispiel. Ich finde die Elektrizität sehr erstaunlich.«

»Und Hydraulik«, warf Nooty ein. Sie griff nach Saccos Hand. »Du hast betont, Hydraulik sei sehr faszinierend.«

»Masklin hat die Blume für Grimma geholt«, überlegte Dorcas laut. »Nimmt alles sehr ernst, der Junge. Ist außerdem mit einer lebhaften Phantasie ausgestattet.«

Er wandte sich von der Blume ab und blickte zu Jekub, der im Schatten des summenden Raumschiffs winzig wirkte.

Plötzlich wich die Niedergeschlagenheit von ihm. Er war noch immer müde genug, um im Stehen einzuschlafen, doch hinter seiner Stirn wimmelte es von Ideen. Natürlich führten sie zu vielen Fragen, aber die Antworten spielten derzeit keine Rolle. Dorcas begnügte sich zunächst damit, allein die Fragen zu genießen und zu wissen, daß die Welt viele erstaunliche Dinge enthielt und er kein Frosch war.

Besser gesagt: Er verglich sich mit einem ganz besonderen Frosch, der Interesse daran zeigte, auf welche Weise Blumen wuchsen und ob man zu anderen Blütenteichen gelangen konnte, wenn man weit genug sprang.

Und wenn man die Blume verließ, wenn man sich über den eigenen Mut freute, beobachtete man eine große, neue, endlose Welt.

Und dann bemerkte man Blütenblätter am Horizont.

Dorcas lächelte.

»Ich wüßte gern, was Masklin während der vergangenen Wochen erlebt hat«, sagte er.

Terry Pratchett

»Pratchetts Romane - der Stoff, aus dem Kultromane gewoben sind.« PUBLISHERS WEEKLY

»Wirklich witzige Bücher sind rar. Und diese Romane sind nicht nur geistreich, sondern auch wunderbar erzahlt. Terry Pratchett ist der Douglas Adams der Fantasy.« THE GUARDIAN

Von Terry Pratchett sind im Heyne-Taschenbuch erschienen:

Das Licht der Phantasie
06/4583

Das Erbe des Zauberers
06/4584

Die dunkle Seite der Sonne
06/4639

Gevatter Tod
06/4706

Der Zauberhut
06/4715

Pyramiden
06/4764

Wachen! Wachen!
06/4805

MacBest
06/4863

Strata
06/4911

Die Farben der Magie
06/4912

Eric
06/4953

Trucker
06/4970

Wühler
06/4971

Flügel
06/4972

Die Scheibenwelt
06/5123

Die Teppichvölker
06/5124

Wilhelm Heyne Verlag
München

HEYNE BÜCHER

Ein genialer Geheimplan

Die USA hatten einen genialen Geheimplan: mit Zeitmaschinen Spezialisten 5 Millionen Jahre in die Vergangenheit zu schicken, um den Arabern vor ihrer Zeit das Öl abzupumpen und mit Pipelines in andere Lagerstätten zu verfrachten. Das Fatale war nur: Niemand konnte wirklich die Folgen eines solchen Eingriffs kalkulieren. Wie würde unsere Gegenwart aussehen, wenn der Coup gelänge? Hätte es dann die Welt, wie wir sie kennen, überhaupt je gegeben?

Wolfgang Jeschke
Der letzte Tag der Schöpfung
06/4200

HEYNE BÜCHER

ALAN BURT AKERS

Die Saga von Dray Prescot -
der größte Zyklus im Programm
HEYNE SCIENCE FICTION & FANTASY

Dray Prescot, Offizier und Zeitgenosse Napoleons, verschlug es einst auf den tödlichen Planeten Kregen. Da tauchen gegen Ende des 20. Jahrhunderts geheimnisvolle Kassetten auf, und es gibt keinen Zweifel: Dray Prescot lebt...

... und wird weitere unglaubliche Abenteuer zu bestehen haben, bis sein tausendjähriges Leben abgelaufen ist.

Die Intrige von Antares
06/4807

Die Banditen von Antares
06/5137

Als Originalausgaben bei Heyne

Wilhelm Heyne Verlag
München

HEYNE BÜCHER

Robert Jordan
DAS RAD DER ZEIT

Das Fantasy-Ereignis der neunziger Jahre!

»In kürzester Zeit zum beliebtesten Zyklus der USA aufgestiegen.«
CHICAGO SUN TIMES

»... erinnert in Intensität und Wärme an Tolkien.«
PUBLISHERS WEEKLY

Drohende Schatten
1. Roman
06/5026

Das Auge der Welt
2. Roman
06/5027

Die große Jagd
3. Roman
06/5028

Das Horn von Valere
4. Roman
06/5029

Der Wiedergeborene Drache
5. Roman
06/5030

Die Straße des Speers
6. Roman
06/5031

Weitere Bände in Vorbereitung

Wilhelm Heyne Verlag
München